누구의 '나'가 아닌 오롯이 '나'를 찾는

_____ 님께

매일의 일상에 흐뭇한 감정이 많아지면
좋겠습니다. 그리고
지금 행복했으면 더욱 좋겠습니다

조금씩 괜찮아질 거라는 마흔의 하루하루

내게도 좋은 날은 옵니다

내게도 좋은 날은 옵니다

초판 1쇄 인쇄 2022년 12월 5일
초판 1쇄 발행 2022년 12월 15일

지은이 김지영
펴낸이 백유창
펴낸곳 도서출판 더 테라스

신고번호 제2016-000191호
주   소 서울 마포구 양화로길 73 체리스빌딩 6층

Tel. 070.8862.5683
Fax. 02.6442.0423
seumbium@naver.com

ISBN 979-11-979568-3-6 0810

값 14,800원

조금씩 괜찮아질 거라는
마흔의 하루하루

내게도
좋은♥ 날은♥
옵니다

김지영 지음

도서
출판 THE TERRACE

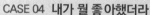

마흔이 넘어서야 제대로 '나'를 보게 되었다. 중심에 떡하니 내가 자리한 일상을 만끽하고 있다. 미리 알았더라도 지금처럼 글로 착착 쓰진 못했을 거다. 혼자만의 시간에 진심을 쏟는다. 충분히 가졌어야 할 시간을 이제야 채운다. 조금 늦었다는 것 빼고 문제 될 건 없다. 돈도 별로 들지 않고, 감정 소모도 줄일 수 있어 조금 더 '혼자'를 즐기려 한다. 나에게 집중하는 시간의 매력을 알아버렸다.

지금을 즐기고 나면 어떻게 달라질지 궁금하다. 여기저기 참여하느라 바쁜 인싸가 되어 오십 대를 보낼 수도 있지 않을까. 오늘부터 잘 살면 내일은 더 가볍고 유쾌하리라 믿으며 용기를 낸다. 가벼운 마음으로 살기 위해 무슨 용기가 필요하냐고 할 수도 있다. 매 순간 망설이고 피했던 일들은 쌓여서 늘어가고 그때그때 해결하지 못하고 미뤄둔 일은 결국 어떤 모습으로든 나를 힘들게 했다. 가뿐하게 살려고 노력한다. 나 아닌 다른 것에 질척거리고 매달리다가 얻은 깨달음이다.

부당하고 억울했지만 참을만했다. 굳이 말하지 않아도 며칠만 지나면 괜찮았다. 혼자 이런저런 생각을 끌어안고 있었다. 상대방에 대한 서운함은 그럭저럭 넘겨보려고 했지만, 나에 대한 실망은 커졌다. 바보 같았고 답답했다. 상대방이 불편한 것보다 낫겠다 싶었다. 사람들과의 관계를 이어나가기 위해 참고 가만히 있는 게 마음이 편했다.

'정말 그런 것은 아니었습니다'

《아낌없이 주는 나무》의 나무는 소년에게 더 주지 못하는 걸 안타까워했다. 줄 수 있는 게 없으니 소년은 나무를 찾아오지 않았다. 하지만 그래도 행복하다고 하는 나무가 답답했다. 혼자 있을 때만이라도 화도 내고 서운해하지 않을까 기대도 했다. 드디어 어느 날 나무가 말했다. 사실 행복하기만 했던 건 아니라고 말이다. 가슴이 뻥 뚫렸다. 이제 내 차례. 나도 그렇게 시작하면 될 것 같았다.

나를 위한 삶이 무엇인지 끊임없이 관심 쏟는 중이다. 찜찜한 일은 훌훌 털어내고 빠르게 다른 방법을 찾아본다. 내가 결정하고 행동할수록 나약하고 흔들리는 양쪽 다리에 힘이 딱 들어간다. 가슴을 쫙 펴고 걷는다. 피하고 숨고만 싶은 마음을 이겨낸다.

저절로 된 건 아니다. 책도 보고 강연도 듣고 자기계발 모임에 참여해서 정답을 찾으려고 했다. 잘하고 싶은 마음은 커져만 가는데, 당장 달라지는 건 없었기에 손에 닿지 않는, 해결되지 않는 가려움은 늘 있었다.

읽고 배우기만 했던 게 문제, 나에게 적용해 보려 하지 않았다. 나하고는 먼 세계 사람들의 이야기를 구경만 하는 꼴이었다. 서툴지만 하나씩 따라 해보며 나에게 질문하고 답하는 시간을 늘려갔다. '나라면 어떤 선택을 했을까. '나도 저런 일이 있었는데'. '이 정도면 나도 해볼 수 있겠어.'. 이런 식으로 내 기준에 맞춰서 생각해 보려 했다. 그동안 알지도 못하는 사람들을 위해 나를 포장하느라 애썼으며 그저 가리고 숨기느라 급급했다.

이젠 견디기 힘들면 잠시 멈추고 멀리 달아나기도 한다. 왜 못하는지에 대해 심각하게 고민하지 않는다. 그 시간에 다른 일을 하며 일상을 챙긴다. 녹슬어서 고장 나기 전에 미리 점검한다. 엔진은 계속 돌아간다. 아주 빠르거나 성능이 뛰어나진 않지만 멈추지 않을 뿐이다.

내 일상을 수시로 점검하고 고쳐보는 것. 있는 그대로의 내 모습에 응원을 아끼지 않는 것. 내 몫만큼의 행복을 찾는 일에 진심이다. 정해진 것에 얽매이지 않는다. 내가 좋고 편한 기분을 제대로 아는 것이 강력한 생존 수단임을 깨달았다.

지금 떠오르는 근심이나 걱정은 잠시 미뤄도 괜찮다. 대신 그런 마음이 왜 자꾸 생기는 것인지 나에게 물어보면 어떨까. 오늘 나에게 필요했던 말을 찾아내고 글로 적어보면 결국 알게 된다. 감정을 알아채고 손으로 써서 눈으로 보는 것은 연결되어 있음을 말이다.

조금씩 괜찮아지는 연습을 했더니, 요즘은 실전에 돌입해도 별 무리 없겠다는 자신감이 든다. 완벽한 무결점인 상태를 꿈꾸는 건 아니다. 쏟아지는 돌발 공격에 여기저기 구멍 뚫려도 피하거나 덮어두지 않는다. 매일 '나 지킴' 선언을 하고, 당당하게 나의 감정과 일상을 챙긴다.

Case 01

좋은 시절 다 갔다

언제 이렇게 나이만 먹었지

"자기도 이제 눈가에 주름이 자글자글하다."

남편에게 낮에 봤던 영상을 이야기하고 있었다. 재밌어서 웃음
이 멈추지 않는데 남편의 난데없는 주름 공격이 들어온다. 원래
웃으면 얼굴 근육이 더 찌그러지는 걸 모르는 것도 아니고, 그걸
콕 집어서 친절하게 알려주다니. 이젠 입으로만 웃을까, 눈가는
손으로 가려볼까 고민하는 내가 더 싫다.

월간지 〈좋은 생각〉에서 청년 이야기 대상 공모를 봤다. 대상
은 만 18세부터 39세까지. 이 시대 청년으로 살아가며 겪는 모든
이야기면 된다고 했다. 41세인 나는 해당이 안 된다. 어차피 그
전에 봤어도 공모전에 글을 보낼 확률은 낮았겠지만 말이다. 그
게 안 되면 중장년 이야기 공모전을 찾거나 나이 제한 없는 항목
에 도전하면 되지만, 어디에도 글을 보내지 않았다. 나이 핑계로
아무것도 하지 않았다.

지난날을 돌아보면 제대로 정리하고 마무리할 틈도 없이 정해진 경로로 달려왔다. 이젠 그런 나를 위한 맞춤형 인생 설계가 필요하다. 거창한 계획은 아직 없지만 있는 그대로의 나부터 찾기로 했다. 후회를 반복하기보다 그때의 나도, 지금의 나도 최선을 다했음을 한 번쯤은 멋지게 인정해주기 위해서다.

'아직'에 방점을 찍는다. 아직 마흔둘. 아직이라는 말에 숨어있는 가능성을 포기하고 싶지 않기 때문이다. 이제는 높은 곳에 기를 쓰고 올라가는 대신 넓은 곳에 가서 사방을 둘러 보고 싶다. 깊은 곳에서 고요한 시간을 보내는 것도 필요하다. 높은 곳을 보느라 경직된 마음을 풀어주고 싶다. 다양한 경로와 기회가 있기에 한 가지만 고집하지 않는다. 기다리거나 돌아가는 방법도 공부하는 거다.

잘 알지 못하는 일은 건드리기 싫다. 소심하거나 자신이 없어서가 아니라 깊어지길 기다리고 있기 때문이다. 제대로 음미하면서 살아가고 싶다. 나이만 먹었다는 핑계 뒤로 숨기 싫다. 마흔둘부터 잘 살아내면 마흔셋, 마흔넷도 기대감이 클 수밖에 없겠지. 나이가 들어갈수록 기대되는 삶을 상상하는 것만으로도 떨린다.

점심은 샐러드로 먹으면 좋지 않을까. 달걀을 삶고 양배추, 파프리카를 썰지만 칼질은 아직도 서투르다. 얼마나 더 썰어보면 손에 익을까. 다듬는데 시간이 꽤 걸리니 자주 못 먹겠다 싶었다. 하지만 샐러드용 채소가 다 떨어져 갈 때쯤, 이 과정을 다시 반복한다. 먹으면 속이 편하기 때문이다. 이제 소화 잘되는 음식에 더 진심을 쏟는다. 한 번씩 탈이 날 때마다 요즘 뭘 먹고 있는지를 떠올려보면 소화 능력만 믿을 수도 없겠다 싶어 귀찮음을 극복하고 제대로 준비해서 챙겨 먹을 수밖에 없다.

주방 창문을 활짝 여니 하늘과 구름이 한눈에 들어온다. 에어컨 실외기 위에 앉아 신나게 노는 비둘기들도 오늘만은 쫓아내지 않는다. 잔잔한 일상을 마주하고 있으니 이 순간은 더 바랄 게 없다. 욕심부리지 않는다. 주어진 시간을 나에게 중요한 일로 채우는 것이 우선이니까.

지난날의 나는 자주 넘어지고 흔들렸으며. 조급하고 엉성했지만, 어쩌면 그 나이에 겪어야 할 몫이었다는 생각도 든다. 그때가 있었기에 오늘이 있다고 믿는다. 지금은 누군가와 경쟁할 일도, 시험에 통과해야만 할 일도 없다. 이제는 매일 감사와 행복의 가치를 알고, 나와 가족을 돌보는 것이 가장 중요한 일이 되었다. 내 나이에 할 수 있는 일에 집중하다 보면 기회는 또 온다고 믿는다. 나이도 먹고 꿈도 먹으며 산다.

지쳐가는 나

　설거지를 마친 후, 나머지를 정리하며 주방 퇴근을 서두른다. 꼭 이 타이밍에 종료음이 울리는 세탁기 , 시계를 보니 마음이 더 조급하다. 오늘처럼 집안일이 밀린 날은 마음만큼 몸이 따라주지 않는다. 이럴 땐 급한 불만 꺼도 되는데 보이는 대로 다 하려고 하니 잘 안된다. 몰아서 하는 것도 가끔이어야 그 효과를 볼 수 있는데 손에 잡히는 대로 몰아치고 있자니 분주하기만 하다.

　집안이 어질러져 있어도, 아이들이 잠을 잘 생각이 없어 보여도, 내 기분이 좋고 가벼우면 이리저리 흔들리지 않으며 별문제 아니라고 여긴다. 하지만 왜 나 혼자만 이리저리 바쁜지 심통이 나면 다 맘에 들지 않는다. 허리도 아픈 것 같고, 두통도 온다. 매일 반복되는 살림은 의미 없는 행동일 뿐이다. 티가 나지도 않고, 할수록 요령이 생기기는커녕 지쳐만 간다.

　상상했던 마흔의 모습이 있었다. 우아한 말투는 기본이고, 세상 모든 일 앞에서 너그럽고 현명하게 대처하는 나를 기대했다.

지금의 나는 그것과는 거리가 꽤 멀다. 징징거리지나 않으면 그날은 선방이다. 그래도 그걸 아는 게 어디냐, 하며 위로해보지만 지친 마음에 자주 울컥하는 건 어쩔 수가 없다.

지금에 집중하기는커녕 책을 읽으며 '아, 오늘 운동 안 했는데'라는 생각을 한다던가, 산책하면서도 스마트폰 화면에서 눈을 떼지 못한다. 광고 속 사람들이 행복한 이유는 저 물건 때문이라는 생각이 든다. 당장 물건을 구매하는 것이 지금의 행복을 사는 일이라고 착각한다. 한 번 그런 마음이 들면 멈추기가 어렵다.

고민하지 않는 시간은 얼마나 될까. 사소한 것부터 풀리지 않는 문제, 막연하고 두렵기만 한 문제가 하루걸러 하나씩 생겼다가 사라진다. 고민과 문제를 해결하는 것에 초점을 맞추고 삶을 불태워야 하는 것이 어른이 해야 하는 일 일까. 아니면 이미 해결할 수 있는 카드를 많이 가진 것이 진정한 어른인 걸까. 마흔이 되면 그런 카드가 당연히 많을 거라고 기대하고 있던 건 아니었을까.

인생 그래프를 그려봤다. 내가 기억하는 과거에서 어느 한 구간만 생각하면 늘 답답했고 또 어떤 구간은 오랜 시간 나를 괴롭

히고 있었다. 하지만 다시 나의 인생 그래프를 들여다보니 그리 못 살아온 것도 아니었고, 나쁘고 괴로운 일에 항상 둘러싸여 있지도 않았다. 상승이 있으면 하강도 있었다. 마이너스 구간에서 허우적거리다가 0점으로 되돌아왔고, 기세를 몰아 그 위를 치고 올라가기도 했다.

다시 올라갈 수 있었던 구간에는 결심이 있었다. 취업 후, 편입을 결심했고, 출산, 육아로 인한 우울감을 독서를 통해 이겨냈다. 결심을 통해 새로운 삶을 만났다. 목표가 있는 삶은 달랐다. 패자부활전에 참여한 듯 새로운 기회를 선물 받은 기분이었다. 다시 패자가 되지 말자는 간절함도 따라왔다.

인생 그래프에서 일정 패턴을 발견했다. 올라간다고 해서 그저 좋아하고, 내려간다고 해서 좌절과 포기만을 떠올려서는 안 된다고 말이다. 결심하고 실행하면 보였다. 회복하고 유지했다. 끝이라는 말은 쉽게 하는 말이 아니다. 끝이라고 해도 다시 문을 열 방법은 얼마든지 있다. 희망, 믿음을 가슴 속에 품고 살아도 이리저리 금방 쉽게 흔들리는 게 사람 마음이고, 마흔의 어른 마음도 쉽게, 자주 지쳤다.

현재 내 인생 그래프는 수시로 점검 중이다. 아직 채우지 않은 구간은 점선을 그려 예측해보기도 한다. 순전히 주관적인 기준만이 있을 뿐이다. 남들이 정해놓은 기준을 내려놓을 수 있는 용기가 생겼다. 내가 나를 분석하는 일이라니. 뭔가 의미 있어 보인다. 지금까지 그저 누군가와 비교하고, 정해진 기준에 들어가기 위해 달려왔다. 구간을 벗어난 나를 다시 평균치로 끌어올리려고 했다. 하지만 평균값이 내 점수는 아니었다. 나는 늘 그 집단에서 약자였던 적이 더 많았으니까 말이다. 그래서 더 자주 무너지고 가라앉았다. 이제야 그때의 내가 보이니 이해할 수 있게 된다.

항상 분석한 대로 되는 건 아니지만 그래도 재밌고 의미 있는 일이다. 나의 인생 그래프, 내 감정 설명서, 나만의 루틴 덕분에 든든하다. 기록해놓고 힘들 때마다 읽어보고 다시 일어난다.

요가 매트 위에서 온몸을 쭉 늘린다. 유독 통증이 심하거나 뻣뻣한 부위에서 조금 더 머무른다. 신기하다. 굳은 어깨, 무거운 다리를 풀어주는 것만으로도 마음이 괜찮아진다. 몸이 힘들 때는 마음을, 마음이 힘들 땐 몸을 달랜다. 지친 나를 끌어올리는 일은 나를 향한 관심이다. 언제부턴가 불편하거나 피하고 싶은 감정은 반복된다는 것을 발견했다. 분명 내 안에서 일어나는 감정의 소용돌이인데, 멈출 수 있는 쪽도 나라는 사실을 알아차리지 못했다. 저절로 괜찮아지기를 기다리지 말고 틈틈이 몸과 마음을 관찰해보는 건 어떨까.

몸이 힘들때는 마음을

마음이 함들때는 몸을 달래고

다시 나를 끌어올린다.

그리고 다시 올라설 수 있도록 결심한다.

육아와 살림 빼고 내가 할 수 있는 것

내 가방은 세 개다. 책, 노트북을 넣고 다니는 검은색 백 팩. 아이들과 외출할 때 물병, 물티슈, 가벼운 책 등을 넣기 좋은 빨간색 에코백이 있다. 혼자 외출할 때는 8년 전에 산 토트백을 든다. 8년이 지났어도 아직 잘 들고 다닌다. 도서관, 놀이터에 가는 것이 일상인 나에겐 백 팩, 에코백이 딱 좋다. 충분하다.

매일 출근하는 직장이 있다면 가방이 더 필요할 수도 있겠지만 지금은 아니다. 어쩌다 토트백을 들고 나가려면 그 안에 장바구니, 책 한 권 넣으면 금세 꽉 찬다. 아이들이랑 같이 나가면 양손의 자유로움을 위해서라도 실용성을 더 따질 수밖에 없다.

이렇듯 육아와 살림을 떼어 놓고 내 일상을 설명하기란 어렵다. 앞으로 몇 년은 어쩔 수 없을 거다. 다만 지금껏 해온 것보다는 수월한 면이 늘어나고 있다는 건 다행이다. 육아와 살림을 내 일상의 전부로 두긴 싫다. 그래도 '저는 전업주부입니다'라고 당당히 말하는 건 아직 쉽지 않다. 전업주부이면서 돈을 벌 수 있는 시스템을 갖고 있다면 어깨 펴고 다닐 일이 많아질까.

첫 번째 책이 나왔을 때 살림하고 애 키우면서 언제 책을 썼냐는 말을 많이 들었다. 그 뒤에 따라오는 '대박 나라', '돈 많이 벌어라.'라는 말도 들었다. 책 내도 돈 많이 못 번다고 하면 '역주행을 기다려라.'라는 반응도 있었다. 앞에서는 웃어넘겼지만, 그 후로 며칠간 '돈, 대박, 역주행' 이란 단어를 머릿속에서 지우기가 힘들었다.

그토록 바랬던 출간이었다. 육아와 살림하는 시간은 알 수 없는 서러움과 패배감을 자주 안겼다. 지금 내가 해야 하는 게 맞지만, 하기 싫었다. 한순간에 돈 벌 능력과 인간관계를 놓쳤다고 생각했다. 빠져나올 수 있었던 계기가 독서와 글쓰기였다. 책을 읽고 글을 쓰면서 혼자 견디는 힘을 길렀고 일상이 갑갑하고, 답이 보이지 않을 때마다 찾는 도피처였다. 버텼다.

수익화, 브랜딩, 그리고 월 몇백만 원을 버는 비법까지. 가끔 몰입해서 들여다보는 이야기들이다. 저런 비법을 아는 사람은 돈을 얼마나 벌었을까? 알아두면 나쁠 건 없다는 마음에 계속 화면을 클릭해본다. 다 좋아 보인다. 초조하고 답답했던 마음의 갈증이 해소되는 듯했다. 하지만 읽을수록 새로운 내용이라고 할만한 게 보이지 않았다. 결국, 선택은 자신의 몫이고, 어떤 게 자신과 맞는 일인지 모르니까 다양한 시도가 필요하다는 내용이었다. 나 자신과는 당장 맞지 않는 일임은 분명했다. 오히려 이루어 낸 목표의 의미가 돈벌이 앞에서 사라지지는 않을까 경계하고 조심하면서 살아가기로 다짐한다.

모니터 아래 시간을 보고 정신이 번쩍 들었다. 집안을 둘러보니 내 손길을 기다리고 있는 곳이 있다. 내가 해야 할 일이다. 집안일은 매일 일정량의 힘을 들여야만 유지된다. 월 몇백을 버는 비법에 솔깃하더라도 지금, 오늘의 해야 할 일이다. 모니터를 끄고, 청소하고, 주방일도 한다.

책을 펼치고. 모니터 속에서 봤던 거품, 뜬구름을 가라앉히고 싶어서 더 책 속으로 몰입했다. 양쪽 어깨에 들어간 바람이 쏙 빠져나가는 듯하다. 책에는 즉시 적용 가능한 처방전이 들어있다. 지금 너의 불안함, 막연함, 불확실함도 받아들일 줄 알아야 한다고 알려준다. 조급함은 치우고 제대로 보고 가라고 말이다.

반납할 책을 챙겨 밖으로 나와 숨 한 번 크게 들이쉬니 명치 끝에 걸려있던 답답함이 내려간다. 말끔히 털어내고자 속도를 내면서 걸었다.

　도서관에 거의 다 왔다. 가파른 길만 오르면 된다. 아까 봤던 뜬구름을 피하는 방법을 안다. 몸을 움직이며 불순한 생각들을 끊어내 보려 한다. 마음이 홀가분해진다. 내가 해야 할 일은 아이를 잘 키우는 것이고, 내 손이 필요한 주방에서 음식을 만들고, 집안 정리하는 것이며, 가계부에 기억나지 않거나 충동구매한 내역을 줄여나가는 것이다. 일상 곳곳에 책과 글쓰기, 배움의 자리를 곳곳에 마련해두는 것도 빠뜨려선 안 된다.

　자주 흔들리는 마음을 잠재우려고 한다. 도대체 뭘 하겠다는 건지 나 자신조차 모르는 어수선함이 싫다. 혹시 한쪽에만 치우쳐서 놓치고 있는 건 없는지 살펴봐야겠다.

　한낮의 몽상에서 벗어나는 방법은 결국 일상이었다. 우선순위로 지금을 끌어다 놓으면 어느 것 하나 중요하지 않은 게 없다. 독서와 글쓰기를 따로 떼어놓지 말아야지. 육아와 살림처럼 내 손으로 매일 해야 하는 일로 삼았다. 몸에 익어서 당연한 일처럼 말이다.

　새벽에 일어나 모닝 페이지와 필사를 끝내고, 어제 봤던 책을 이어서 읽는다. 오늘도 분주한 아침이 되겠지만, 마음만은 편안하다. 나만의 시간을 먼저 챙겼더니 육아와 살림이 예전처럼 무의미하지 않다. 오히려 여러 가지 능력을 지닌 사람처럼 하루를 꽉 채워서 보낸다. 육아, 살림, 독서, 글쓰기. 어느 하나 빼놓지 말아야지. 골고루 다 챙겨서 튼튼하고 단단한 사람이 되기로 했다.

삶은 늘 흔들리는 것이 아닐까.

마흔, 뜬구름을 가라앉히고 지금 너의 불안함, 막연함,

불확실함도 받아들일 줄 알아야 한다고 알려준다.

조급함은 치우고 제대로 보고 가라고 말이다

꿈꾸던 인생은 어디로 갔나

한 시간이나 늦었다. 잠결에 알람을 끈 기억이 난다. 얼른 일어나서 모닝 페이지를 쓴다. 처음엔 매번 쥐어짜고 탈탈 털어서 페이지를 채웠다. '오늘만, 내일만,' 하면서 견뎠더니 내 안에 있는 것들이 쏟아지기 시작했다. 흩어진 기억들을 모으는 일은 불편하고 무겁기만 하다. 거기에 현재의 고민이 더해진다. 어디서 '통과' 카드를 꺼내 이 상황을 넘기고 싶다. 그럴 순 없으니 우선 다음 고민을 꺼내어본다. 오늘의 고민은 내일 페이지에 다시 써보기로 한다.

매일 이만큼의 실타래를 엮으며 꺼내어 둘둘 감았다. 이제 차근차근 풀어가는 일만 남았다고 생각하고. 미간 주름을 폈다. 어차피 답은 내 안에 있다. 반복해서 마주하면 고민도, 후회도, 꿈도 선명해지리라 믿는다.

알람 소리가 들린다. 벌써 남편 일어날 시간인가 했는데 오늘은 내가 늦은 거였다. 나만의 시간을 여기서 멈춰야 한다는 게 영

내키지 않는다. 눈 한번 질끈 감고 일어나서 주방으로 간다. 뭘 차려야 할지 머릿속이 하얗다. 오늘은 꼭 미리 장을 봐둬야겠다.

"잘 먹고 출근합니다."

별 것 없는 밥상이었는데, 남편은 오히려 잘 먹었다고, 고맙다고 한다. 이 한마디가 아침의 활력소가 될 줄이야. 억지로 힘을 내보려는 마음으로 하는 말이라는 걸 안다. 조금 전까지 내 감정만 앞세웠던 일이 떠올랐다. 남편 출근하면 아이들이 깨기 전까지만이라도 아침 시간을 더 누려야지 했지만, 남편의 한 마디에 기분이 달라졌다. 책이랑 노트를 한 쪽에 밀어두고 다시 주방으로 갔다. 냄비에 누룽지 두 주먹을 쏟아붓고, 누룽지가 덮일 만큼 물을 담아 끓이고 사과 두 개를 꺼내서 깎아둔다. 어제 사 온 단호박이 달아도 너무 달다. 한 상자까지는 무리일까 싶었는데, 사길 잘했다. 오늘, 내일 네 개씩 쪄두고 먹어야겠다. 뜨거운 누룽지를 그릇에 담아 먹기 좋게 식힌다.

아직 오지 않은 미래를 준비하는 시간을 늘려가는 게 중요할까. 머릿속으로 구획을 나눈다. 나를 위한 시간, 가족을 위한 시간, 현재에 집중하고 미래를 준비하는 시간의 사용 규칙을 점검한다. 이렇게 하지 않으면 금세 한쪽으로 치우쳐버리기 때문이다. 나만을 위해서 매진하기에는 제약이 많다. 꿈을 찾는다는 건 지금보다 나아진 삶을 계획하는 일이다. 한 가지 길에서 벗어나 다양한 기회를 찾아보는 시도이며 지금 내 삶과 더불어 한 계단 올라설 수 있는 자신감을 기르는 훈련이다.

마흔이 넘으면 꿈에 대한 거창한 정의를 내릴 수 있을 줄 알았다. 이뤄낸 꿈을 놓고 일장 연설을 하고 있을 줄 알았다. 꿈은 완성형이 아니었다. 나의 세계가 넓어질수록, 아니 나이가 들어갈수록 꿈도 늘어간다. 누군가가 먼저 이뤄놓은 꿈은 굉장히 긍정적인 자극제다. 의욕과 열정을 안고 다시 꿈을 이루기 위한 도전을 시작했다. 그래도 이제는 치열한 경쟁에서 벗어나 내가 진정으로 하고 싶은 공부, 필요한 공부에 눈 돌릴 수 있다는 점은 고무적이다. 그게 시작점이다. 그 꿈을 이루기 위해 얼마나 걸릴지 모르는 시간을 견뎌내야 한다. 아이들을 등원시키고 다시 집으로 들어가면서 지금부터 나만의 몇 시간이 펼쳐질 걸 떠올리니 설레고 좋다. 나를 위해 탐구하고 도전하는 시간은 늘 쏜살같다.

　과한 욕심은 맞지 않는 신발을 신고 걷는 것과 같은 고통이다. 겉으로 아무렇지 않은 척하면서 남들과 똑같은 신발을 신고 있다는 사실에 안도하며 걷고 있지만, 그 속에서 무슨 일이 벌어지고 있는지, 생채기는 나지 않았는지 아무도 모른다. 나조차도 외면하고 싶었다. 집에 와서 신발을 벗고 상처 난 발을 보며 한숨을 뱉는다.

'내일 또 어떻게 저 신발을 신고 나가지.'

　하루쯤은 밖에 나가지 않아도 괜찮았다. 신발을 바꿀 수도 있었다. 그런 식으로 포기를 알게 되었고, 또 다른 선택을 했다. 놀랍게도 다른 길이 보였다. 우주가 나를 버리지 않았구나, 그래서 더 감사하는 마음으로 다시 집중하며 열심히 해보고 싶었다.

　새해를 시작하면서 나 자신과 약속했다. 마흔 하나, 올해는 그동안 안 해봤던 일들을 많이 해보자고 말이다. 첫 번째 책의 초고를 쓸 수 있었던 것도 그 다짐 덕분이었다. 오늘 이만큼 했으니 내일도 이만큼 할 수 있겠다고 의지를 다졌다. 쉽게 좌절하지 않고 이 정도는 해낼 수 있다는 생각으로 나에 대한 견적을 뽑을 수 있었다. 중요한 건 시작이었다. 선 시작. 후 고민.

답을 찾기 위해서는 먼저 질문을 잘 읽어야 한다. 질문을 읽은 후에는 답을 찾기 위해 생각하고 공부한다. 그 과정에서 정답보다 더 중요한 사실도 깨닫는다. 보이는 것이 전부가 아니라는 것. 성과가 없다고 좌절하지 않는 것. 저 사람처럼 될 수 없다고 단정 짓지 않는 것. 나의 가능성을 찾아보고 투자하고 몰입하는 것도 꿈을 이루는 데 필요한 것임을 알게 되었다.

모든 걸 갈아 넣을 만큼의 열정은 없다. 앞과 뒤를 재지 않고 뛰어들 배짱도 아직은 부족하다. 오히려 열정과 배짱이 차고 넘쳤을 이삼십 대에는 꿈을 쉽게 포기했다. 지금은 충동적인 결정이나 다른 사람들의 의견에 휘둘리는 상황부터 살펴본다. 마흔이 넘어서야 얻은 신중함이다. 경력단절에 대한 미련은 버리고 다시 도전해보기로 했다. 아무것도 하지 않고 꿈만 꾸는 인생이 아닌, 제대로 준비하고 꿈을 이루는 인생을 시작하기로 말이다.

선 시작, 후 고민

오늘 이만큼 했으니
내일도 이만큼 할 수 있겠다고 의지를 다진다.

체력은 정직했다

건강 검진을 받으러 왔다. 접수하고 검진 순서와 항목에 대한 설명을 들었다. 올해는 암 검진이 필수 항목으로 들어있어서 유독 긴장된다. 모바일 문진표를 작성하고 나니 식단과 운동 횟수에 더 신경 써야겠다는 생각이 든다. 아예 근력 운동은 하지도 않는 나를 이대로 두면 안 되겠다.

안내된 동선을 따라 들어갔다. 예상은 했지만 비어있는 의자 찾기가 쉽지 않다. 여유를 갖고 순서를 기다려야지, '그나저나 시간은 얼마나 걸리려나, 수면 내시경은 처음 해보는데 괜찮겠지, 남편이랑 같이 올걸'. 검진 전부터 걱정이 태산이다. 병원 tv에 틀어 놓은 드라마에 나도 모르게 눈이 간다. 긴장 좀 풀어야겠다.

조금만 신경을 건드리는 일이 생기면 어김없이 두통이 온다. 두통약을 먹고도 해소되지 않으면 약을 더 먹는 방법밖에 없다. 이런 식으로 두통약을 가까이했고, 유일한 해결책이라 믿었다. 하지만 내성이 생겼는지 두통약이 통하지 않는 경우가 더 많았다. 차라리 낌새가 보이면 바로 병원에서 진찰을 받고, 처방 약을 먹는 것이 효과가 있었다.

 약 봉투에는 약에 대한 설명과 함께 부작용도 쓰여있다. 제대로 읽어보지 않고 넘겼는데, 어느 날은 약을 먹고 호되게 앓았다. 또 어디가 안 좋은 건가, 요즘 체력이 왜 이러지, 하며 불안함이 커졌다. 먹은 약이 도대체 뭔지 궁금해서 약 봉투를 보다가 혹시 부작용일까 싶어 병원에 갔다. 예상이 맞았다. 의사 선생님은 그 약은 빼고 나머지를 복용하라고 했다. 그렇다면 그 약은 애초에 먹지 않아도 되는 거였는지도 모르겠다. 그 부분에 대해서 질문하지 않았으니 전적으로 내 생각이다.

 그날 이후 약을 먹는 것에 조심스러워졌다. 나이가 드니 체질이 변할 수도 있고, 몸 상태에 따라서 이상 반응이 나타날 수도 있다. 무조건 약부터 찾지 않고 참을 수 있으면 참아보기로 했다. 평소에도 몸에서 보내는 신호를 그냥 넘기지 않는, 수시로 몸 상태를 관리하는 습관이 필요했다. 신경 쓸 일이 있으면 두통이 생기는 원인이 무엇인지 알고 싶었다.

 마음처럼 일이 잘 풀리지 않을 때면 머릿속만 복잡한 게 아니다. 몸에서도 불편함이 느껴진다. 어깨와 목이 뻣뻣하다. 몇 번 스트레칭을 하다가 눈앞에 놓인 일이 우선이라 그마저도 멈춘다. 가슴이 답답해지고 떨리기도 한다. 두통이 시작되면 무거워진 머리로 할 수 있는 일은 별로 없다. 하루가 통째로 날아가고 일상을 뒤흔든다. 그제야 무탈한 일상이 얼마나 소중하고 감사한지 깨닫는다. 아무런 문제가 없을 때는, 아니 터지기 직전까지도 알지 못했다. 몸과 마음은 연결되어 있다는 걸 말이다. 이대로 넘겨도 괜찮겠지, 하는 안일한 마음으로 몸의 신호를 무시했다. 몇 개의 알약이면 통증을 가라앉힐 수 있었으니까.

이럴 땐 나를 위한 고요한 시간이 필요하다. 아주 잠시라도 괜찮다. 내 기분이 어떤지, 불편한 곳은 어딘지, 피하고 싶은 일은 뭐가 있는지, 관심을 두고 정성스럽게 나를 돌봐주는 건 어떨까. 빠르게 앞을 보고 달려야 한다는 주위의 소리에 너무 귀 기울이고 있는 건 아닌지 말이다. 나 자신에게 멈춤의 신호를 보내줄 수 있어야 하지 않을까. 별일 아니라고 생각하지 말고, 나를 챙기는 습관을 게을리하지 않기로 했다.

치과 검진, 시력검사, 채혈, 혈압, 청력, 엑스레이, 산부인과 검사, 위내시경까지 마쳤다. 병원에 들르는 일은 늘 긴장 뒤에 감사와 안도를 알게 한다. 중요하고 소중한 것을 오래 누리기 위해서는 건강해야 한다는 것을 말이다. 하고 싶은 일이 늘어가는 만큼 반드시 체력도 같이 욕심내기로 했다.

모든 일은 연결된 길을 따라 돌고 돈다. 그 고리를 어디에 연결할지는 내가 결정한다. 책을 읽고 글을 쓰는 시간을 사랑하는 만큼 운동하고, 식단을 챙기고, 마음을 돌보는 시간도 챙긴다. 순조로운 일의 진행은 저절로 이루어지지 않는다. 수시로 점검하고 잘못된 곳은 고치고 보충하는 과정이 필요하다. 머릿속으로, 마음속으로만 끙끙대지 않는다. 짬을 내서 운동한다는 생각을 버리고 나는 항상 움직이는 사람이라고 외쳐본다. 몸을 움직여 찾은 활력으로 좋은 책을 읽고, 내 생각을 정리하는 글을 쓰는 마흔둘의 내가 좋다.

오늘도 안양천에는 걷거나 자전거를 타는 사람이 많다. 걷는 사람, 뛰는 사람, 자전거 타는 사람. 그 틈에 있으니 나도 꽤 성실한 사람인 것 같아 기분 좋았다. 밖에 나와 운동하니 몸과 마음에 활력이 가득 찬다. 밖에 나오지 않았더라면 집에서 투덜거리

며 누워있었을 터다. 뻔하다. 몸이 아프면 마음도 우울하다. 마음
이 힘들면 몸도 찌뿌둥하다. 마음을 가볍게 할 수 있는 최고의 방
법은 몸을 움직이는 것이다. 축 처진 상태로 집 안에만 있지 않고
밖으로 나간다. 나는 스스로 마음에 활력을 불어넣는다.

한 시간 반 정도 걸었더니 만 보를 가뿐히 넘겼다. 뿌듯하다.
걷기 앱에 찍힌 숫자를 계속 쳐다본다. 오늘도 나와의 약속을 지
켜서 짜릿하다. 매일 만 보 이상 걷기로 정했다. 못 채우는 날도
있지만 그래도 정해놓은 목표 덕분에 밖으로 나가는 일이 한결
수월하다. 누구에게 보여줄 것도, 자랑거리도 아닌 나 자신에게
정직해지는 일이다. 다리 아파서 내일은 못 걷겠네. 라는 말이 나
올 정도로 부지런히 걸어보련다.

하고 싶은 일이 늘어가는 만큼 반드시 체력도 같이 욕심내기로 했다
중요하고 소중한 것을 오래 누리기 위해서는
건강해야 한다는 것을 알게 됐으니 말이다.

학부모가 되는 나이

아이 나이와 부모 나이는 아무 상관이 없다는 걸 알면서도 아이 친구 엄마들 앞에서는 신경이 쓰인다. 내 속을 나도 모르겠다. 서로의 나이를 묻고 나면 왠지 가까워진 듯해도 한편으로는 혼자서 계산하느라 바쁘다. 나의 출산 나이는 늦은 쪽인지 평균인지 의미 없는 답을 찾는다. 평균에 가까운 것 같으면 다행이다 싶은 이 마음은 도대체 뭘까.

'저 언니는 늦게 둘째를 낳았구나.'
'저 엄마는 되게 젊네. 부럽다.'

이십 대에 결혼 소식을 알린 친구들이 있다. 결혼을 결정하는 모습이 어른스럽게 느껴졌다. 당시엔 꽤 이른 결혼에 속했다. 난 직장인의 일상으로도 충분했고 어른의 삶을 제대로 겪고 있다고 생각했다. 일하고 돈을 버는 삶은 관련 분야에서 경력자가 되어가는 의미 있는 시간이었다.

　배우고 싶은 게 있으면 취미로 해보기도 했다. 동네 친구와 퇴근 시간 후에 요가를 배우러 다녔다. 스트레스 없이 뭔가 배우는 시간이 마냥 좋았다. 요가를 끝내고 가끔 친구와 마시는 맥주는 말이 필요 없었다. 이런 시간이 계속될 것 같았고, 결혼은 때가 되면 할 수 있는 일이라고 믿었다. 하지만 얼마 지나지 않아 친구의 결혼 소식을 들었다. 괜찮다. 난 아직 이십 대다. 끝자락에 매달려있어도 이십 대는 이십 대였으니까.

　서른부터 안정된 삶의 시작이라는 지극히 주관적인 공식을 품고 살았다. 삼십 대가 넘어가니 이제부터 진짜 결혼 적령기라고 생각했다. 삼십 대 초반에 결혼하면 친구들 사이에서 나름 모범 케이스다. 이제 나도 슬슬 그 무리에 합류해야 할 것만 같았다. 어느새 나이에 가속도가 붙는다. 이대로 나이 들어서 눈만 높아지고 까다로워지면 어쩌지? 고민은 끝이 없었다.

　공식의 오류에 빠진 일은 또 있었다. 적어도 마흔 전에는 학부모가 되어야 할 것 같았다. 지금 생각하면 마음대로 할 수 있는 일이 아니거늘. 그때는 모든 게 불완전하고 불투명했다. 그런 기준에 신경 쓰고 살았다는 것이 지금 생각해도 놀라울 뿐이다. 뜻대로 되지 않는 일 앞에서 할 수 있었던 건 아무것도 없었다. 마음 편하게 먹고 내가 원하는 삶의 모습을 설계하는 과정은 쏙 빠졌다. 서른에 결혼하고, 마흔 전에 학부모가 되면 뭐가 좋은지, 왜 그래야 하는지를 진지하게 고민해 보지 않았다. 그냥 뭐 친구들도 그랬고 남들 보기에도 가장 자연스러워 보인다는 것이 이유였다.

서른셋에 결혼을 하고 서른다섯에 첫 아이를 출산했다. 현실을 깨닫고 받아들이기 시작한 건 이때부터, 몇 살에 육아를 시작했는지는 그리 중요하지 않았다. 육아라는 세계에서 벌어지는 엄청난 일들을 감당하기에는 나이가 전부는 아니었기 때문이다.

일어나지 않은 일에 쏟는 에너지를 줄이고, 지금 당장 할 수 있는 것에 달려드는 내가 되고 싶다. 되지 않는 일에 매달릴 필요가 없다. 하루하루가 쏜살같은 요즘은 마흔이 넘어서 처음 해보는 일이 이리도 많다는 사실에 놀라울 뿐이다.

올해 채민이가 초등학교에 입학했다. 드디어 마흔두 살에 학부모가 되었다. 마흔 전에 학부모가 되었으면 좋겠다고 생각한 흑

역사가 자꾸 떠오른다. 이제는 그게 중요하지 않다는 사실 하나만은 확실히 가지고 갈 수 있게 되었다. 어떤 엄마가 되어야 할지 깊게 고민하고 늘어나는 주름 앞에서 당당해지고 싶다. 정 신경 쓰인다면 나이에 맞는 태도를 갖추면 크게 문제 될 건 없다고 본다.

옆집의 세 살 꼬마는 할머니와 어린이집에 등원한다. 맞벌이로 바쁜 아빠와 엄마는 같은 동 6층에 사는 할머니의 손길을 찾아 이사를 왔다.

"아침마다 두 아이 챙겨 나오느라 힘들겠어요. 난 손자 한 명도 힘든데."

"괜찮아요. 그래도 손자랑 가까이 계시니까 좋으시죠?"

"네. 힘들어도 좋아요."

따뜻하고 친절한 말투가 멋진 분이다. 할머니는 나이를 가늠하기 어려울 만큼 젊고 우아하시다. 속으로는 꼬마 엄마의 나이는 나보다 얼마나 어릴까 짐작해본다. 어머, 또 나이 타령이다.

나이에 대한 집착, 내려놓기가 이리도 어려운 것이었다니.

학부모가 된 올해 3월. 멋모르고 한 달을 보냈다. 등교 시간부터 헤맸다. 교문을 통과해서 2층 교실까지 올라가는 시간을 미리 계산하지 못했다. 채민이는 아마 한동안 아홉 시 직전에 교실 문을 열었을 거다. 하교 시간도 마찬가지였다. 가방을 교실에 놓고 건널목 앞에 서 있기도 했고, 운동장에서 친구와 노느라 한참이 지나서 내려왔다. 길이 엇갈려 가슴 철렁했던 적도 있었다. 4월부터는 차차 나아졌다. 실수하고 적응하며 아이와 같이 배운다. 먼저 이런 경험을 했을 선배 학부모가 부러운 요즘이다. 경험보다 강한 건 없다는 사실을 알게 된 나이가 되었나 보다.

실수하고 적응하며 같이 배운다
어떤 엄마가 되어야 할지 깊게 고민하고

늘어나는 주름 앞에서 당당해지고 싶다.
나이에 맞는 태도를 갖추면 크게 문제 될 건 없다

경험보다 강한 건 없다는
사실을 알게 된 마흔이 되었나 보다

뒷면도 뒤집어봐야지

예전엔 별 의미 없이 넘겼던 우스갯소리도 이젠 가시 같다. 이를테면 이런 말이다.

'눈을 감아봐. 아무것도 안 보이지? 그게 너의 미래야'
'늦었다고 생각할 때가 늦었다'

그걸 아니까 서럽다. 발끈해도 소용없다. 하지만 이런 말이 나를 자극한다는 사실은 긍정적 신호 아닐까. 자극받았으니 말 그대로 살지 않기로 결심하면 된다. 출발이 늦었다고 해서 지름길만을 찾고 싶진 않다. 몇 번 해보지도 않고 안 맞는다고 포기하거나, 사람들이 몰려있는 곳에서 기웃거리는 행동을 조심하기로 했다. 겉으로 보이는 것에만 빠져서 내가 마치 그렇게 하고 있다는 착각도 했었다. 중요한 건 매일 실제 하는 행동이 있다는 거 아닐까. 노력과 시간을 들여 내공을 쌓아야 했다.

늦은 것도 맞고 미래가 막막한 것도 맞지만, 그렇다고 아무거나 덥석 선택하고 싶지 않다. 그래도 마흔이라는 나이가 주는 여유로움이 있지 않나. 그동안 숱하게 겪은 시행착오들만 반복하지 않아도 될 듯하다.

어쩔 수 없이 되는대로 사는 게 아니라, 어떻게든 살아보겠다는 배짱을 부려봐야겠다. 남의 말에 휘둘리지 않기 위한 연습도 꾸준히 하면서 말이다. 하루에도 얼마나 많은 생각과 말이 나를 뒤흔드는지 정신 똑바로 차리지 않으면 무너지는 건 순간이다. 토론 프로그램의 진행자가 된 기분이다. 여기저기서 찬성과 반대의 의견이 들린다. 난 중심을 잡고 양쪽 의견의 균형을 맞춰야 한다. 어렵다. 피곤하다. 듣고 싶은 말만 듣고, 쉬운 문제만 접하고 싶다. 이런 혼란 속에서 정작 귀를 기울여야 하는 건 내 마음의 소리다.

호기롭게 결정한 일 앞에서도 남들 눈치 한 번에 와르르 무너진 적도 여러 번이다. 이제 나에게 집중하는 시간을 더 늘려가는 수밖에 없다. 무너지고 자꾸 실패해도 그게 끝이 아니다. 적어도 나는 나 자신을 포기하지 않기로 했다. 아직 보여주지 않은 부분이 훨씬 더 많다고 믿기 때문이다.

새로운 시도를 하는 누군가를 진심으로 응원해본 적이 있는지 생각해봤다. 상대방을 위한다는 핑계로 너무 힘들지 않겠냐고. 어렵다고 하던데 괜찮겠냐고. 영혼 없는 걱정을 건넨 적이 더 많았다. 사실 남의 일이니까. 와닿지 않으니까 쉽게 말이 나왔을지도 모른다. 정작 난 아무것도 시도하고 있지 않았으면서 말이다.

아이 친구 엄마들 눈치를 보느라 백 팩 메고 나가지 않았던 적이 있었다. 그런 가방을 들고 다니는 엄마들이 없었다. 나를 볼 때마다 어디 가느냐고 묻는 그들의 질문에 답하는 게 불편했고 왠지 유난 떤다고 할까 봐 신경 쓰였다. 뭐 어차피 집에 들어와서 다시 들고 나가면 되는 일이었다. 일일이 나의 상황을 말하는 것보다 그게 편했다.

그래서 집에 와서 다시 나갔냐고? 아니. 눌러앉은 날이 더 많았다. 남들 시선 의식하느라 내가 계획한 소중한 시간을 홀랑 날렸다. 요즘은 당당히 이야기한다. 책 좀 보러 도서관도 가고 커피도 마시러 간다고 말이다.

솔직히 누가 잘 나간다는 소리에 배 안 아플 자신은 없다. 하지만 이제는 방구석에서 이불 뒤집어쓰고 숨어있지 않을 자신은 있다. 너는 너의 속도, 나는 나의 속도대로 움직이면 되는 일이니 말이다.

해야 할 일 목록 옆에 완료 표시를 할 때마다 기분 좋다. 작은 성공이어도 해내고 나면 자신감이 생긴다. 수첩을 덮고 책을 편친다. 행동으로 뇌에 신호를 보낸다. 책 읽는 동안은 잡념을 줄이고 나에게 집중할 수 있는 상태가 된다. 유난스럽지 않게 나의 할 일을 하려고 한다. 조용히 자신의 자리를 지키는 고수가 많다. 저 사람은 요즘 무슨 책을 읽고 있을까. 어떤 생각을 할까. 궁금하고 닮고 싶다. 그들의 보이지 않는 노력으로 이룬 실력을 배우고 싶다.

나의 뒷면도 보이지 않는 강력함으로 채운다. 묵묵히 나만의 원칙, 태도를 지키며 진가를 발휘할 그 날이 왔을 때 뒷걸음치지 않기로 했다.

몸도 마음도 유연하게

두 아이를 등원시키고 들어와서 책상 앞에 앉아 노트북을 켜니 오전 9시, 하원 전까지 4시간 반 정도 남았다고 생각하니 손이 급해진다. 하얀 종이 위에 커서가 깜빡인다. 그토록 막막했던 빈 종이가 오늘따라 반갑다. 첫 줄을 쓰고 나니 목이 탔다. 냉장고에서 오렌지 주스를 꺼내 들이키니 냉기가 식도를 타고 위장까지 내려가는 것이 그대로 느껴지는 듯했다. 정신 바짝 차려야지! 전쟁터에 나가는 무사의 결연한 모습처럼, 나는 다시 책상 앞으로 가 노트북을 마주한다. 글을 쓰는 동안만큼은 '진짜 내'가 되는 느낌이다. 솔직한 감정도 쏟아내고, 못난 내 모습도 본다.

매일 초고를 썼더니 세상의 모든 책이 보물이라는 생각이 들었다. 어떤 책에서든 하나라도 배울 게 있다는 마음으로 읽는다. 깨닫고 변화하기 위해, 어떻게 살아갈 것 인가에 대한 질문과 답을 고민하며. 생각보다 행동에 무게를 두고, 조금씩이라도 매일 해나갈 수 있는가에 초점을 맞추기로 했다.

경청 또한 중요하다. 책을 쓰면서 내 얘기를 글로 풀어내는 데에만 집중했다. 앞으로는 다양한 사람들의 이야기에 귀 기울이고 공감할 줄 아는 사람이 되기로 했다. 출간 후, 지인들은 물론 해외에 계신 모르는 분에게까지 잘 읽었다는 메시지를 받았을 때의 기분은 절대 잊지 못한다. 나 역시 다른 사람의 이야기를 잘 듣고 진심으로 공감하면서 살아야지 싶다. 누군가 내 책을 읽어주기를 바라기만 하는 건 버려야 할 욕심이다.

같은 것만 보면서 사는 건 편하다. 딱히 불편한 게 없으면 이대로도 좋다. 하지만 삶이 늘 일정한 온도와 속도로 흘러가는 것이 아니었다. 불편한 게 없으면 생각할 기회도 없다. 뭐가 좀 불편하고 거슬리고 잘 풀리지 않으면 불만이 생기고 해결하고 싶다는 마음이 든다. 왜 나를 위한 시간이 없을까. 왜 남들만큼 성과를 내지 못하는 걸까. 이런 질문을 던졌으면 고민하고 방법을 찾아 해결해야 한다.

독서 모임 운영자 과정 강의를 신청했다. 논제를 만들어 독서 모임에 참여하며 배우는 수업이다. 주 1회, 2시간 30분 동안 온라인으로 참석해야 한다. 평소에 관심이 있어서 관련 분야의 책을 읽고 있었다. 마침 좋은 기회가 생겨서 놓치고 싶지 않았다. 강의 시간은 오후 2시부터 4시 30분이었다. 4시는 아이들 하원 시간이라 순간 망설였지만 이런 이유로 포기하고 싶지는 않았다. 하고 싶은 공부를 위해 시간을 확보해야만 했다. 다행히 한 시간 연장 보육이 가능했다.

독서 모임 강의가 끝나자마자 유치원으로 달려갔다. 운영위원회 모임이 열리는 날이었다. 회의를 마치고 두 아이를 데리고 나오니 밖은 캄캄했다. 서둘러 들어가서 저녁을 먹어야겠다. 그런데 왜 이렇게 몸이 찌뿌둥하고 머리가 복잡한지 모르겠다. 오후 2시부터 6시까지 수업 듣고, 오랜만에 참석한 회의에서 긴장했었나 보다. 나가서 좀 걷고 싶다. 그리고 내가 오늘 뭘 안 했더라? 뭘 놓쳤지? 라는 질문에 답이 바로 나오지 않는다.

아이들 밥을 차려주고 거실로 왔다. 등과 허리가 뭉쳐있다. 의자에 앉으니 몸이 노곤하다. 고개를 이리저리 돌리다가 책장 한 칸에 눈길이 멈춘다. 아이들 책 살 때, 내 책도 한 권씩 사서 모아놓은 소중한 공간이다. 책 속의 세계를 얼마나 동경했었는지. 그땐 모든 내용이 비현실적으로 보였다. 나와 비슷한 상황이거나 나보다 더 힘든 상황을 극복한 이야기가 가득했다.

책에서는 자기 자신을 믿고 가라고 했다. 자꾸 반복되는 그 말이 너무하다는 생각도 들었다. 아무것도 없는 나를 도대체 뭘 믿으라는 건지 이해할 수가 없었다. 하지만 계속 읽다 보니 나도 할 수 있다는 마음이 생겼다. 도움이 된 책 한 권을 꺼내서 몇 장을 넘겼다. 신기하다. 읽을 때마다 뭐 하나는 꼭 얻어가니 말이다. 어지러웠던 속이 차분해지니 기분이 한결 나아졌다.

머릿속에 할 일이 들어있으면 움직이는 데 어렵지 않다. 환경 설정이 필요한 이유다. 피곤함에 지쳐 쓰러지기 전에 귀찮음을 떨치고 기꺼이 틈새 시간을 만든다. 지금 움직이면 피로도 풀고 유연해진 마음으로 차분히 내일을 준비할 수 있다.

"다 먹었으면 그릇만 치워줘. 엄마 잠깐 걷고 올게"

남다르게 살고 싶다

내 안의 욕망

냉장고에서 자몽 청, 탄산수를 꺼낸다. 숟가락에 물기가 묻어 있는지 살핀다. 수분이 닿으면 쉽게 상할 수 있기 때문이다. 크게 2스푼을 떠서 컵에 담고 탄산수 한 병을 다 부으니 거품이 넘칠 듯 아슬아슬했지만 금세 가라앉는다. 넘치지 않게 꽉 찬 한 컵이 나왔다. 바닥의 자몽 청을 저었더니 투명한 탄산수가 주황빛을 띤다. 톡 쏘면서 시원하고 달콤한 자몽에이드를 나른한 시간에 자주 찾는다. 다른 감귤류 과일들과 겉은 비슷하지만, 그 속과 맛은 확실히 다르다. 주황빛의 촘촘하게 들어찬 탱글탱글한 알맹이의 식감도 마음에 들며 새콤하기만 하지 않고, 달콤하면서 살짝 쓴맛의 조합도 좋다. 몇 조각 먹었을 뿐인데 내 몸이 그냥 비타민 C다. 나도 자몽처럼 겉은 익숙하고 평범하지만, 속은 다양한 매력이 들어있는 사람이 되고 싶다.... 라고 자몽 예찬을 늘어놓는 이유는 이렇다.

오전엔 그래도 친절한 엄마였는데 오후엔 방전 속도가 왜 이리

빠른 걸까. 방문을 닫고 혼자 있으면 급속 충전이 가능하다. 거기에 오늘은 자몽에이드를 떠올리며 방문을 바라보고만 있다. 마실까 말까 계속 고민하다가 지금은 마시지 않기로 했다. 문을 열고 나가면 그녀들이 주방으로 가는 나를 지켜볼 거고 나의 자몽에이드는 '엄마 뭐 먹을 거 없어?'라는 물음에 밀릴 게 뻔하다. 안 마시니만 못한 그 음료를 나는 상상으로만 즐기련다. 기꺼이 혼자만의 시간으로 자유에 대한 갈증을 풀 수 있다는 것만으로도 충분하다.

뭐라도 당장 쏟아질 듯한 흐린 하늘은 구름의 무게를 간신히 견뎌내고 있다. 날씨 예보를 확인하니 두세 시간 후에나 눈이 온다고 해서 밖으로 나와버렸다. 진눈깨비가 날린다. 벌써 쏟아지는 건가 싶어서 그냥 들어갈까 했지만, 그냥 걷기로 했다. 날이 쌀쌀하니 걸음도 빨라진다. 지하철역까지 걸었는데, 그 10분의 시간 동안 몸이 제법 후끈해졌다. 잠시 속도를 늦추니 차가운 바람이 뺨에 닿는 느낌이 상쾌하다. 완급을 조절하며 걸으며 오락가락 내리는 진눈깨비를 맞지 않으려 모자를 썼다 벗었다 했다. 이 정도면 걷는 데에는 별 무리가 없다. 혹시 갑자기 쏟아질지도 모르니 너무 멀리 가지는 않기로 한 마음과는 달리 평소 다니던 코스대로 쭉 돌고 들어왔다. 다행히 집에 들어올 때까지 눈은 오지 않았다.

하지 않았던 일에 대한 후회가 컸다. 요즘은 후회를 줄이려 애쓴다. 나이가 들어 생긴 여유 덕분인지 이젠 나에게 더 좋은 걸 채우고 싶은 마음이 크다. 할까 말까 고민이라면 하는 쪽을 선택하며, 실패하거나 잘 풀리지 않더라도 예전처럼 자책하지 않는다. 마음은 쓰라려도 미련 따위는 사라진 깔끔한 상태다. 과정을 통해 뭐 하나라도 배울 수 있었기 때문에 견딜 수 있다. 요즘은 그런 경험이 또 다른 선택 앞에서 도움이 된다.

한 고개를 넘으면 또 다른 뭔가가 나타날지 모르기에 안심할 수 없지만 가보지 않은 길도 지금이랑 같다면 오히려 김빠질 것 같다. 기대감과 두려움을 적절히 이용하고 싶다. 꿈을 꾸는 이유, 하고 싶은 일에 대한 열정을 늘 비슷한 온도로 유지하는 가장 좋은 방법은 나에게 집중하며 답을 찾기였다. 내 앞에 놓인 걸림돌의 크기나 무게도 다 다르지만 내 마음만 확실하다면 쉽게 넘길 수 있는 일들도 꽤 있다. 사소한 일이라도 나부터 챙기는 것으로 매일 나를 돌본다.

　엄마를 부른다고 해도 흔들리지 않기로 다짐한 후 방문을 열고 나왔다. 충전했으니 온화한 미소 가능하리라 믿는다. 두 아이는 DVD를 보며 서로 이야기 중이다. 어? 나를 못 봤나? 냉장고를 열었다. 평소에 냉장고 여는 소리에 번개처럼 달려드는 다민이가 조용하다. 이상하다. 분명 들었을 텐데. 왜지? 참지 못하는 쪽은 언제나 그랬듯 나다.

　"과일 먹을래? 두유 줄까?"
　"괜찮아. 이따가 먹을래요"
　"그래? 그럼 엄마 커피 한 잔 마신다."

　기쁨의 오케이를 외친 후, 바로 자몽에이드를 만든다. 숟가락 물기 확인은 했는지 기억은 안 난다. 바닥에 떨어져 굴러가는 탄산수 뚜껑을 보다가 다시 고개를 돌렸다. 거품이 옆으로 조금 흘렀다. 한 컵을 순식간에 비웠다. 탄산으로 가득한 속이 크게 불편하지 않다. 원했던 순간을 마주한 기쁨만 있을 뿐이다.

누군가와 '같이'하는 것이 익숙해서 고민이 있어도, 좋은 일이 생겨도 모든 감정을 타인과 공유했다. 하지만 자주 통화하고 만났던 친구들 대부분 연락이 끊겼다. 가끔 만나는 친구 몇몇도 관심사가 달라진 이유 때문인지 공감과 이해의 폭이 예전 같지 않다. 이대로도 괜찮다. 지금은 오히려 혼자 할 수 있는 것도 늘어났고, 그 시간이 주는 의미도 소중하기 때문이다. 나에게 집중하는 기회로 삼았다. 내가 하고 싶고, 하고 싶지 않은 것에 대한 욕망을 그때그때 채워 나간다.

할까 말까 고민이라면 하는 쪽을 선택한다.
실패하거나 잘 풀리지 않더라도 예전처럼 자책하지 않는다.
마음은 쓰라려도 미련 따위는 사라진 깔끔한 상태다.
과정을 통해 뭐 하나라도 배울 수 있었기 때문에 견딜 수 있다.
마흔, 후회를 줄이려 애쓰고 있다.

나부터 들여다보기

"당신은 왜 그렇게 자기 모습을 인정하지 못하는 거야!"

남편의 한 마디. 상처받았다. 내가 뭘 어쨌다고. 사람은 누구나 장점 내세우고 단점 감추는 거지. 내가 뭐하러 내 무덤을 파. 입을 삐죽거리는 나를 보며 남편은 길게 한숨을 짓는다.

〈나는 솔로〉라는 프로그램을 즐겨 본다. 마음에 드는 이성을 찾는 콘텐츠는 언제나 흥미롭다. 요즘엔 출연자들의 사전 인터뷰가 왜 이리 재밌는지. 매끄러운 대답을 유도하는 제작진만의 노하우도 있겠지만, 그들에게서 솔직함을 넘어 자기 자신을 아주 잘 알고 있다는 인상이 보였다. 장점은 물론 단점도 숨기지 않고 인정한다. 과거 연애사를 꺼내며 자신이 상대방에게 더 잘해줬는데 지나고 보니 이제야 그게 보인다는 것과 금방 사랑에 빠지는 타입이라는 이야기까지. 자신을 있는 그대로 보여주는 모습에 몰입했다. 어떤 사람을 최종 선택할지 궁금해졌다.

자칭 까다로운 편이라는 여성 출연자가 있다. 친구들에게 이상형을 말하면 대부분 고개를 젓는단다. 들어보니 그럴만했지만, 그녀는 당당했다. 주변의 의견에 흔들리지 않는 모습이 좋아 보였다. 나에게는 없는 부분이라 솔직히 부럽기도 했다. 화면 속 그녀의 나이였을 때의 나는 전혀 그렇지 않았으니까 말이다. 다른 사람들 눈에 어떻게 비칠지 늘 신경 썼기에 나란 사람에 대해 명확히 표현할 수 없었다. 화면 속 그들을 보면서 아쉬움이 자꾸 떠오른다. 나도 나에 대해 잘 알고 있었다면 조급하지 않았을 텐데. 부족한 나를 인정할 줄 알았다면 견디는 시간도 의미 있었을 텐데.

마르쿠스 아우렐리우스의 《명상록》을 필사한다. 습관을 유지하기 위해 하루 정해진 분량을 쓴다. 선택의 연속인 일상에서 든든한 참고 자료다. 손으로 쓰며 천천히 내용을 음미하고, 쓰고 나서 소리 내어 읽어보기도 한다. 신기하게도 고민에 대한 답을 찾는 날은 마음이 가볍다. 어떤 날은 혼이 난 기분이 든다. 나도 열심히 하고 있다고 생각했는데, 책 속의 날카로운 명언 앞에선 주눅이 든다. 또 어떤 날은 읽는 구절마다 공감이 넘친다. 이 말도 맞고, 저 말은 더 가슴을 친다. 책 읽을 때는 저자의 말에 내 생각을 끼워 넣어야 한다고 했는데 그럴 겨를도 없이 모든 문장에 밑줄을 긋고 있다. 정신을 가다듬고 나의 의견을 적어가며 찬찬히 읽어봐야겠다. 생각을 정돈해서 마흔둘의 나만의 철학을 만들어가고 싶다.

아파트 엘리베이터에서 청소업체 광고 영상을 봤다. 진정한 휴식, 집중 육아를 위해 청소만은 본인들에게 맡겨달라고 한다. 솔깃하다. 다른 사람이 내 살림을 건드리는 게 불안하긴 하지만 기회가 된다면 기꺼이 감당할 수 있다.

두 아이 씻기고 밥 먹이고 나도 먹고 정리하고, 스트레스 지수가 최고를 찍었다. 그러다 보니 남편에게 고운 말이 나오지 않는다. 핑계일 수도 있다. 미안한 마음 가득 있다. 알면서도 쓰레기 봉지를 묶다가 참았던 말을 하고 말았다.

"집안일은 언제든 대체 가능해"

"무슨 소리야?"

"내가 없어도 집에 큰일 안 난다고. 청소 연구하는 곳만 부르면 해결 가능하다고."

"괜찮네"

"그렇지? 내가 대체 가능한 일로 시간 낭비한다는 것 좀 알아줘"

"그런데 말이야. 나도 회사에서 언제 대체될지 모른다."

지금 가장 고민이 많고 위태로울 남편의 위치를 모르는 건 아니다. 마흔둘의 우리는 이래저래 대체되기 쉬운 존재들인가 싶어 씁쓸하다. 글 쓰고 강의 듣고 책 보는 내 일상의 다른 면에 대한 인정 욕구를 드러내 버렸다. 나의 가치를 어떻게 보여줄 수 있을까.

글로 발산하기 위해 뒤죽박죽 쌓여있는 생각들을 하나씩 꺼내어서 쓴다. 뭐든지 한 번에, 빠르게 되지 않는 나 자신을 인정하고 나만의 속도로 간다. 쭉 가다 보면 나만의 철학도 생기리라 믿는다. 대체 불가한 글 쓰는 사람으로 사는 미래의 모습을 그려본다.

보여주기가 아닌, 지속할 수 있는 나다운 목표를 세운다. 나와 합이 잘 맞는 인생 공식도 고민한다. 직접 해봐야 아는 것, 경험을 통해 얻은 것들로 만들어야 진짜가 된다. 흔들릴 때마다 내 안의 중심축을 더 단단하게 고정시키고 나를 들여다보며 선명한 답을 찾는다.

당당하지 못했으며 쭈뼛거리고 자신 없었다. 할 말을 몇 번 연습하고 나서야 통화 버튼을 누른 적도 부지기수. 시원치 않은 대답을 듣고도 싫은 내색은커녕 좀 예민했나, 하며 내 탓을 하기도 했다. TV 속 당당한 사람들을 보며 그렇지 못한 내 모습에 힘도 빠졌었다. 더는 주눅 들지 말아야지. 다시 들여다보니 보인다. 내게 필요한 건 지금껏 잘 버틴 나에 대한 인정이라는 것을.

왜 스스로 나를 볼 수 없었을까.
항상 다른 사람들 눈에 어떻게 비칠지만 신경 썼기에
나란 사람에 대해 명확히 표현하지 못한 건 아닐까!
주눅 들지 말고. 다시 들여다보자, 보인다.

감정 조절에 서투른 나

유치원 전화다. 방금 아이들을 데려다주고 오는 중이었는데, 무슨 일이지.

"네. 선생님"
"어머님. 채민이, 다민이만 한복을 안 입었네요? 왜 안 입히셨어요?"
"네?"

순간 엘리베이터 문이 열리길래 탔다. 9층을 눌렀는지 기억도 없다. 잠시 후에 다시 문이 열리고 아까 1층에서 같이 기다리던 아저씨가 탔다. 내려가는 건지 모르고 그냥 탔나 보다.

"채민이한테 물어보니 엄마가 한복이 크니까 입지 말라고 했다는데요"

"아. 그런 것도 있고요. 어제 공지 문자에서 자유복도 된다고 하셔서 그냥 그렇게 보냈어요"

"네? 그래도 다른 친구들은 다 한복 입었는데. 채민이만 안 입어도 될까요. 사진도 그렇고요"

괜찮다고, 아이와 어제 이야기 나눴다고 하면 될 일이었다. 등원할 때 다른 선생님께서도 한복 안 입은 친구도 있다고 하신 터였다. 나는 왜 이 대화에서 빠져나오지 못하고 있는 걸까.

'엄마가'.

이 말이 나를 건드렸다. 어떤 엄마로 보일지에 대해 신경 쓰고 있었다. 어쨌든 한복 입지 말라고 한 장본인은 나였다. '아마 선생님은 이렇게 생각하시겠지.' 하면서 혼자만의 생각이 이리저리 뻗어 나간다. 아이는 입고 싶은데 입지 말라고 한 엄마. 아이의 의견을 존중하지 않는 독단적이고 무심한 엄마라니. 난 아마 선생님들 사이에서 내 아이에 대해 무지한 엄마로 보일 듯하다. 지금 밖이라 집에 가서 다시 연락드리겠다고 하고 전화를 끊었다.

그렇지 않아도 아이들과 이야기를 나눴다. 유치원에서 민속 놀이할 때 불편할 수도 있으니 이번엔 안 입는 게 어떨까 하고 말이다. 이번 설 명절 때도 한복은 입지 않기로 했다. 설날 아침에는 차례상 준비로 번거롭기도 하고 다민이의 작아진 한복을 미리 사지 못한 이유도 있었다. 그리고 어제 유치원에서 받은 문자에서도 분명히 자유복도 괜찮다고 했다. 점심시간 전에 다시 갈아입는다고 했으니 한복 입고 있는 시간은 얼마 되지 않는다. 그래서 이래저래 홀가분한 마음으로 등원한 거였단 말이다.

머릿속이 하얘지면서 얼굴이 화끈거렸다. 작아진 한복을 그냥 보내기도 그렇고, 다시 가져다준다 한들 그걸 또 언제 갈아입고 놀이를 할지도 모르는 일이었다.

오늘은 아이들 보내고 카페에서 시간을 보내려던 참이었다. 현관 앞에 노트북과 책을 넣어둔 가방이 쓰러져있다. 가방도, 내 기분도 그냥 축 처졌다. 도저히 홀홀 털고 저 가방을 메고 나갈 수가 없을 것 같다. 선생님께 다시 연락드리기로 했는데, 손이 꿈쩍도 안 한다. 시간도 감정도 줄줄 새고 있다.

자주 화가 났고, 사소한 일에 쉽게 흔들렸다. 별다른 이유도 없다. 딱 3초면 되는데, 참고 넘기기가 어려웠다. 순식간에 머릿속에 빨간 불이 켜지고 경고음이 울린다. 그럴수록 머리와 마음은 따로 움직일 뿐이었다. 조금 더 어른스러워지기로 한 다짐은 쉽게 무너진다. 늘 감정부터 앞선다. 문제와 나를 분리하지 못한다. 문제에 감정을 잔뜩 싣고 대하니 해결해야 할 문제에서 벗어나 감정싸움에만 휘말리게 되는 경우가 생겼다. 오히려 의식하고 조심하기로 하면 의외로 잘 넘기는 문제도 있다. 늘 사소하거나 예상치 못한 일 앞에서 꼼짝 못 한다.

그래서 만사 제쳐두고 내 감정을 돌보는 일이 우선이어야 했다. 오래가지 못하도록 적당한 타이밍에 끊어낼 줄도 알아야 한다. 스스로 만든 오해는 시간이 갈수록 부풀려진다. 해결하지 못한 감정에 다른 해석을 끼워 넣기 쉽다. 감정을 한쪽에 떼어놓고 사실만 바라보는 연습을 하려고 노력한다.

선생님께 전화를 드리려다 방해될까 싶어 문자로 대신했다. 밖에 나와 있어서 다시 유치원에 들르기가 어렵다고, 미리 챙기지 못해서 죄송하다고 했다. 유치원에 가서 선생님을 뵐 자신이 없었던 게 솔직한 마음이었다. 명절 전이라 그런지 SNS에는 오늘

따라 한복 입은 아이들의 사진이 가득하다. 미리 준비해서 입힐 걸 그랬나. 모르겠다. 한복이고 뭐고, 가방이나 메고 나가야겠다.

아이 앞에서는 특히 행동과 말을 더 조심하게 된다. 안 좋은 나의 감정이 아이에게 화살이 되어 날아가기도 한다. 아무것도 모르는 아이니까 한 번쯤은 괜찮겠지라는 생각으로 넘어간다. 아이들이 엄마의 말에 기분 나쁜 표시를 하지 않으니 문제가 없다고 착각하기도 한다. 아이가 나보다 약자라는 생각도 버리기로 한다. 어쨌든 오늘은 감정 조절에 바짝 신경 써야지.

엄마가 되어도, 마흔이 넘어도, 감정 조절은 늘 서툴기만 하다. 거기 돌부리가 있다는 걸 알면서도 매번 발에 걸리고 마는 것처럼 말이다. 또 넘어졌다고 자책하는 대신 조심해야겠다고 스스로 다독인다. 천천히 단단해지는 중이다.

딱 3초면 되는데,
참고 넘기기 3초면 충분한데.....

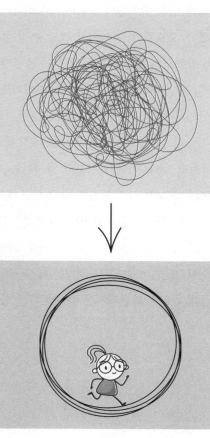

내 일상으로 깊이 들어가기

한기가 느껴져서 자다 깼다. 이불을 얼굴까지 끌어다가 덮는다. 보일러 온도를 더 높이려다 그냥 둔다. 이불을 걷어내고 싶지 않다. 며칠 전 새벽에도 한기를 잠시 느꼈을 뿐인데, 그날 하루 꼬박 몸살을 앓았다. 지금 이대로라면, 오늘도 몸살 피하기는 어렵겠다. 왜 이렇게 몸이 약해졌지. 스트레스 때문인가. 호르몬 영향인가. 요즘 식단이 부실했나. 아, 그냥 잠이나 푹 자면 되는데 한기도 걱정도 사라지지 않는다.

추위에 약하고 계절에 관계없이 손발이 찬 편이다. 겨울에는 유독 추위를 더 타는 날이 있다. 잠시 한기가 들어도 몸은 바로 안다. 동네 내과에 갔다. 서둘렀는데도 할머니, 할아버지 환자분들은 벌써 대기 중이고, TV에서는 아침 정보 프로그램이 나온다. 체온을 높여서 면역력을 키우란다. 내 몸이 차서 몸살도 자주 오나 싶다. 병원 벽에 붙어 있는 영양제 수액 안내문에 눈길이 멈춘다. 몸살은 물론 기력 회복에도 도움이 된단다. 간호사 선생님께

여쭤보니 한 시간 정도 걸린단다. 다음에 시간 내서 꼭 수액 주사 맞으러 와야겠다.

처방 약을 받아 집에 돌아와서 경량 패딩을 꺼내 입는다. 평소 땀이 잘 나지 않는 체질이라 땀 흘리려면 시간 좀 걸릴테니 아이들이 없을 때 푹 자고 정신 좀 차려야겠다.

한 잠 자고나니 땀에 흠뻑 젖어 있다. 약 기운 때문인지 몽롱한 상태로 앉아서 잠을 마저 깨운다. 이제 한기는 사라졌다. 불편한 부분 하나 사라지니 이리 개운할 수가 없다. 창문 활짝 열고 집도 치우고 밥도 해야겠다. 쌀 먼저 씻고 표고버섯이랑 무를 착착 썰어 올려 밥솥 뚜껑을 닫는다. 양념간장 넣고 쓱쓱 비벼서 먹으면 몸살 따위 말끔하게 사라지겠지.

지난 주말에 산에 갔다. 도서관에 들른 후에 바로 뒷산을 오른다. 보기에는 무난해 보여도 막상 오르면 꽤 힘이 들지만 올라갈 땐 아이들도 싫은 내색 없이 열심이다. 마른 잎들을 밟을 때마다 들리는 바스락 소리에 집중한다. 고개를 들면 앙상한 나무들 사이로 햇살이 비춘다.

매일 보던 것들과 잠시 멀어진다. 산에 올라가서 숨을 고르며 바라보는 풍경 앞에서 긴장이 풀린다. 멀리 바라보고 있으면, 저 밑에서 아등바등 지냈던 일상이 떠오른다. 아무것도 없는 이곳에서 힘을 채우고 간다. 올라갔다 내려오면 몸이 따뜻해지고 순환이 잘된다. 춥다고 움츠린 시간을 보상받는 듯하다.

등산로 입구에 있는 운동기구를 둘러보는 사이, 내려가기 전 아쉬움을 달래려는 듯 아이들은 벌써 하나씩 차지했다.

'발을 올여 놓지 마시오'

누군가 직접 만든 듯, 손잡이 모양의 회색 플라스틱이 바닥 양쪽에 설치되어 있다. 팔굽혀펴기용 기구였다. 행여나 그 부분을 발로 밟을까 봐 주의 사항을 적어 놓은 것이다. 맞춤법이 살짝 틀린 것으로 보아, 어느 나이 지긋하신 분의 손길이라 짐작해본다. 나무에는 거울, 옷걸이, 빗이 걸려있다. 아마 이것 또한 그분의 물건일 터다. 옷걸이에 외투를 걸어두고 운동을 하고, 마친 후에는 거울을 보며 매무새를 다듬을 그 누군가의 일상을 떠올리며 환경 설정이 이래서 필요한 거구나 싶다.

겨울에는 외출 전 날씨를 꼭 확인한다. 목도리를 두르고 장갑도 챙긴다. 보온에 신경 쓰는 일에 대충은 없다. 마음 단단히 먹고 옷을 여러 겹 입어서인지 견딜만하다. 추위가 신경 쓰이지 않으니 마음 가볍다. 집에서도 수면 양말, 무릎 담요, 경량 패딩을 수시로 입었다 덮었다, 자주 반복되는 불편한 부분을 미리 대비한다.

자기 전에 보온 주전자에 끓인 물을 담아두고 새벽에 일어나 바로 따뜻한 물 한 잔 마시며 잠도 깨고 시간도 아낀다. 편안한 몸과 마음의 상태를 유지하기 위해 미리 점검하고 준비한다. 날마다 일상의 변수를 줄이기 위해 노력한다. 거기에만 집중해도 한결 유연하게 대처할 수 있다.

하루하루가 비슷해 보이지만 먹은 음식, 만난 사람, 구입한 물건도 매일매일 다르다. 어제 산책할 때는 잡념 하나 없이 가뿐했는데, 오늘은 가는 곳마다 쓰레기들이 자꾸 눈에 띄는 것처럼 감정에 따라 보이는 것도 달라진다. 일상으로 깊이 들어가면 조금씩 다른 모습의 하루를 보내고 있음을 알게 된다. 마음먹기에 따라 다양한 재미와 다름을 얼마든지 찾을 수 있다.

익숙하지 않은 게 당연해

일상이 오류다. 싹 다 고치고 싶다. 요즘 강의를 듣고 책을 읽을 때면 유독 그런 마음이 든다. 독서량을 늘린 만큼 달라졌다고 믿었지만, 얼마만큼 성장했는지 알 길이 없다. 쭉쭉 올라가던 그래프는 일시 정지 상태. 매일 뭔가 들여다보긴 하는데 더이상 변화가 없다는 건 딱 거기까지, 그 정도였다는 얘기다.

'어? 나 저 책 있는데.'

온라인 강의를 듣던 중에 언급된 책을 가져왔다. 한 번 들춰봤는데 눈에 쏙쏙 들어온다. 지금 책이냐, 강의냐 선택하라면 솔직히 어렵다. 밥할 시간이 다가오면 책 읽고 싶은 마음이 더 간절해지는 상황과 비슷하려나. 냉장고에 등 기대고 앉아서 한두 장 읽는 시간은 유독 몰입이 잘 된다. 지금은 밥하는 것보다도 좋은 온라인 강의 시간인데도 나는 왜 방황하는 것인가.

책을 덮고 다시 강의에 집중하지만, 그것도 잠시. 아까 읽었던 부분이 머릿속에 맴돈다. 잊어버리기 전에 수첩에 옮겨 적고 나중에 다시 보면 된다는 생각으로 이제 마음이 좀 편해졌다. 수첩을 덮으려다 전에 써놓은 내용을 보고 말았다. 수첩 몇 장 넘겨본 것뿐인데, 어느새 강의는 막바지다. 옆에 책만 쌓아놓느라 시간만 보냈다.

분별없는 욕심은 조급함으로 이어진다. 다른 책과 연결하면 얻는 게 더 많지 않을까, 놓친 게 많으니 이제라도 따라잡자는 다짐만 도대체 몇 번째인지 나 자신이 답답하다. 잿밥에만 관심이 있으니 속도가 더디고, 방향도 제대로 잡지 못하고 있다. 우선 목차를 살펴보고 필요한 부분만 발췌해서 읽어볼까도 했지만 그건 아직 나의 수준에서는 필요한 단계가 아닌 듯했다. 느리더라도 한 권을 정독하고 노트에 정리하며 기본기를 쌓기로 한다.

'유튜브나 TV 보는 것보다 나으니까 그냥 읽자'라는 안일한 생각도 한몫했다. 그런 마음으로 책을 펼쳐봤자 영상 보면서 시간을 보내는 것과 크게 다를 게 없었다. 짧은 시간이라도 책에 집중하지 않고 스마트폰을 만지작거린다. 터치만으로 바로바로 다음

화면으로 넘어가니 걱정할 필요 없는 연예인부터 해외에서 일어
난 가십거리까지 찾아보며 디지털 세계에서 시간을 낭비하는 패
배자가 된다. 그걸 들여다보고 있노라면 생각의 근육을 쓰지 않
으니 편하기만 하다. 휴식과 쉼에 대해 단단히 착각하고 있었다.
고작 20분짜리 영상 두세 개 보는 건데 뭐 어때 했는데 문제는
보고 나서 남는 게 없다는 거다. 도움이 될만한 콘텐츠를 찾아서
볼 수도 있겠지만 그건 또 쉬면서 볼 만한 게 아닌 것 같아서 손
이 가질 않는다. 허무한 마음 추스르느라 또 아무것도 하지 못한
다. 이래놓고 시간은 원래 부족한 게 맞고, 세월은 나이만큼의 속
도로 빨리 흐른다고 합리화했었나 보다.

  쉽게 얻은 건 아무래도 그 소중함과 가치가 덜하다. 억지로라
도 반드시 의자에 앉아서 펜과 노트를 준비해놓고 책을 읽는다.
눈으로 읽을 때는 그게 다 머릿속에 잘 들어가 있을 것만 같다.
책을 덮고 짧게 몇 줄이라도 기록하려고 하면 상황은 달라진다.
신기하다. 읽었으니 글로 쓰면 되는 것뿐이라고 스스로를 독려해
보지만 생각은 생각일 뿐이었다. 읽고 경험한 것을 기록하기 위
해 손으로 쓰고 자판을 두드리는 일은 완전히 다른 작업이었다.

한 편의 글을 완성하고 나서는, 다양한 어휘를 찾아 써보기도 하고, 소리 내어 읽었을 때 매끄럽게 넘어가지 않는 문장도 다듬어 본다.

어떤 일에 관한 중요도와 의미를 따지기 전에 실행이 먼저다. 사람마다 각자 해결해야 할 문제가 다르다. 상황은 수시로 바뀐다. 내 문제가 심각하고 중요한 만큼 다른 사람에게도 그만큼의 고민이 있기 마련이다. 모두 같은 속도로 갈 수가 없다. 운도 따른다. 견디는 정도도 다르다. 아닌 걸 걸러내는 눈도 필요하다. 남들 한다는 거 다 흡수하려다가 정작 나 자신이 없어지면 그때는? 그 전에 모자라고 부족한 나를 있는 그대로 받아들이고 인정하기로 했다.

아무것도 하지 않아서 생기는 불안함을 줄이고, 쓸데없는 것에서 멀어지는 방법을 찾아 실행하는 데에 집중했다. 골칫거리였던 스마트폰부터 치우고 손 닿는 곳곳에 책을 둔다. 눈에 보이는 것에 집중하는 하루를 보내기로 했다. 처음에는 뭐가 잘 안되더라도 차차 나아지겠지. 익숙해지고, 능숙해지고. 그렇게.

익숙하지 않은 게 많다는 것은 오히려 청신호 아닐까. 배우고 싶은 것, 관심 분야가 늘어나고 있다고 말이다. 어렵더라도 완주를 목표로 두고 도전하는 의미를 떠올려본다. 힘든 구간을 만나더라도 꾸역꾸역 참고 넘어가다 보면 분명 새롭게 달라져 있으리라는 상상을 해본다. 익숙해지기까지 견디고 버티면서.

익숙하지 않은 게 많다는 것은 오히려 청신호 아닐까.

어렵더라도 완주를 목표로 두고 도전하는 의미를 떠올려본다.

힘든 구간을 만나더라도 꾸역꾸역 참고 넘어가다 보면

분명 새롭게 달라져 있으리라는 상상을 해본다.

그래, 됐고. 좋은 점은 없어?

"그러니까 왜 둘을 낳았어?"

사실 난 두 아이의 엄마라는 게 불만이 아니었다. 모처럼 친구와 밖에서 만나 이런저런 얘기를 하며 신난 것뿐이었다. 둘을 키우면서 생긴 에피소드를 그저 유쾌하게 나누고 싶었다. 하지만 상대방의 생각은 달랐던 것 같다. 점점 높아지는 목소리 톤 때문에, 매사 불만 가득한 사람처럼 보였을까. 그래도 말끝마다 저런 뉘앙스의 반응을 보이는 친구에게 서운했다.

"그러게 왜 그랬나 모르겠다."

내 얘긴 여기서 그만해야겠다 싶었다. 왜 둘을 낳았는지 자책도 했다가 나아가서는 오늘 괜히 만났나 싶은 생각까지 들었다. 오랜만이라 거리감을 좁히지 못했던 걸까. 그러기에는 둘 다 아이 키우는 처지라고 생각하니 또 서운하기만 하다. 모처럼 맛집 검색해서 온 건데 영 별로다. 차라리 빨리 마무리할만한 핑계는 없을지 머릴 굴리느라 친구 이야기는 들리지도 않았다.

아무것도 하지 않는 시간은 어떤 의미일까. 하지 않는 건지, 할 수 없는 상황인지를 따져보면 어떤 상황에서든 틈새 시간은 만들어 낼 수 있다. 영화나 책에서도 시간을 쪼개서 자신의 목표를 이루는 걸 자주 본다. 난 경력단절이지만 이젠 그 프레임이 나쁘지만은 않다. 내가 아무것도 하지 않고 시간만 보낸 게 아니라는 것을 이제는 알기 때문이다.

회사에 다니며 돈을 벌었던 그때는 어땠지? 어떤 목적이나 목표 없이 선택한 직장에서 흥미나 성취감을 느끼기란 어려웠다. 효율적인 방법에 대해 고민하지 않았다. 한편으로는 모든 일에 시간과 열정을 그냥 쏟아부었기에 생각의 여유란 없었는지도 모르겠다. 그저 모든 게 스트레스, 압박, 고민이었다.

일을 즐겁게 한다는 것은 나하고는 거리가 멀었다. 항상 일이라는 건 어렵고, 실수하고, 혼나는 악순환이며 업무 내용은 물론 직장 상사, 동료들과의 관계까지 모든 것이 산 넘어 산이었다. 지금도 가끔 회사 다닐 때의 팀장님을 만난다. 시간이 꽤 흘렀는데도 여전하시다. "김 대리!"라고 부르실 때마다 왜 그리 긴장되는지. 왜 만났을까, 꿈이었으면 좋겠다 싶을 때 눈이 딱 떠진다. 휴. 다행이다 싶다가도 꿈자리가 심상치 않은 게 마음에 걸린다. 그날은 평소보다 몸조심해야 하는 날이지 뭐.

육아도 그렇고 인생 역시 시간이 지날수록 끝이 없을 거라는 확신이 든다. 지금 단계를 끝내면 그다음은 또 다른 숙제가 기다리고 있다. 내 생각을 바꿀 때다. 끝을 바란다기보다 버텨낼 강철 체력과 정신력을 기르는 방법에 관심 있다.

이제 힘들고 괴로운 카드는 그만 꺼내려 한다. 육아 덕분에, 경력단절 덕분에 모자라고 아쉬웠던 부분을 채워가며 감사를 알게 되었다. 다른 사람들 눈에 그저 딱해 보이는 사람 말고 꿋꿋하게 잘 버티는 강한 모습을 꿈꾼다. 나이가 드니 뭔가 달라진 것 같기도 하고 요즘 뭐 하는지 늘 궁금하게 만드는 마흔 둘이고 싶다.

과거를 떠올리면 자책과 후회부터 밀려온다. 하지만 나이가 들면서 지나간 일에 대해 다른 해석을 해볼 수 있는 여유도 생긴 건 환영할만한 점이다. 육아와 나의 꿈 사이 어딘가에 딱 선을 긋고 정확하게 분리할 수 없기에 둘 다 잘해보고 싶다.

　그때 그 친구가 기프티콘을 보내왔다. 그날 이후로 괜히 혼자 시큰둥해서 연락도 하지 않고 지냈다. 시간이 지나서인지 다시 생각해보니 마냥 서운할 일도 아니었다. 원래 시답지 않은 이야기도 잘 받아넘기곤 했는데 그날따라 왜 그랬는지 지금 생각해도 멋쩍다.

　인정한다. 쉽게 꽁한다. 마음 풀기까지 시간이 걸리지만. 매번 실수를 반복하는 와중에도 배우고 깨달을 점이 나이만큼 늘어간다는 것은 인생의 보물을 쌓는 일이다. 차곡차곡 잘 모아두고 필요한 순간마다 감사를 떠올리며 살기로 했다. 당장 떠오르는 부정적이고 불필요한 생각은 치우고, 나에게 좋은 것들로 채운다.

새벽에 양보하세요

잘 먹고 푹 자는 게 좋다는 걸 알면서도 뒷전이다. 약해진 체력 탓에 몸이 적신호를 보내는 경우가 자주 있다. 더는 그 신호를 무시하지 않기로 했다. 마흔이 넘어서야 편안한 몸 상태에서 얻는 장점이 많다는 걸 깨달았다. 걱정이 있으면 온 신경을 쏟다가 겨우 잠들어도 밤새 여러 번 깬다. 아침에 일어날 때 몸이 천근만근이라 입맛도 없다. 아무 때에 아무거나 입에 넣는다. 그렇게 보낸 하루에 생기란 찾아볼 수 없다.

잠이 부족했던 것도 아닌데 몸은 피곤하고 마음은 어지럽다. 머릿속을 둥둥 떠다니는 잡다한 생각들에 휘둘려서 그저 멍하다. 이럴 땐 잠시 멈춰서 나에게 집중하는 시간이 필요한데 그런 작은 여유조차 없다. 지금 이 감정을 대수롭지 않게 넘긴다 해도 또 같은 상황이 반복될 게 뻔하다. 내 감정을 내 손으로 해결하지 않는 모습에 힘 빠진다. 당장 해야 하는 집안일, 며칠 미뤄둔 가계부, 아직 정리하지 않은 철 지난 옷들까지. 미룰 수 있을 때까지 버티겠다며 꼼수 부리는 일이 한두 가지가 아니다.

새벽 시간을 활용하면서 다시 활력을 찾았다. 그 시간의 매력은 나만 깨어 있다는 점이다. 책상에 앉아 아로마 캔들 워머를 켜니 향기가 은은하다. 내가 앉은 공간만 환하게 비추는 스탠드 불빛이 좋다. 나만의 공간을 내가 지배하는 기분이 든다. 아무런 방해 없는 이 시간을 놓치기 싫다.

내 의지대로 시간을 쓸 수 없는 경우에는 어떻게 해야 할까? 그냥 견디고 버티는 수밖에 없다. 무책임한 답변이 아니라, 손쓸 수 없는 상황에서 할 수 있는 최선이기 때문이다. 터널에서 나올 방법은 터널을 빠져나오는 것뿐이라고 했다. 그날 주어진 문제를 해결하면서 새로운 내일을 기다리면 된다.

베개에 머리가 닿으면 기억이 없는 날이 종종 있다. 푹 자고 일어나서 맑은 정신으로 하루를 시작하는 기분은 무엇과도 바꾸기 싫다. 한바탕 실컷 걷고 들어오는 길에는 당연한 듯 숙면을 기대한다. 해가 지면 '오늘도 하루가 끝났구나'를 인식하면서 벌써 몸과 마음은 내일 준비에 들어간다. 그런 마음으로 시작하는 것이 새벽 기상이었다. 뭔가에 쫓겨서, 다른 사람들이 하니까, 일찍 일어나면 성공한다고 하니까. 그런 이유로는 루틴을 지속하는 데에 별 도움이 되지 않았다. 아이들이 일어나기 전에 갖는 나만의 시간은 알짜다. 고요하고 차분한 시간은 건강을 챙기는 일만큼 중요하다.

오늘은 알람 없이 눈을 떴다. 알람 울리기 전까지 아직 20분이나 남았다. 그냥 지금 일어나서 나만의 시간을 시작하면 되는데 누워서 괜히 뭉그적거린다. 마치 바쁜 아침 시간에 외치는 '5분만 더!'처럼 이 시간을 마냥 붙잡고 싶다.

'그렇게 아까우면 당장 몸을 일으켜 이 시간을 채우면 되는 거라네, 친구.'

어디선가 바른 생활 요정의 목소리가 들리지만 못 들은 척하고 있다. 알람 울리기 전, 이 20분이 느리게 흘렀으면. 아니 이대로 멈췄으면. 별생각을 다 하는 새벽이다.

마음 약해지기 전에 문을 열고 나왔더니 남편이 축구 중계를 보고 있다. 매일 아침을 힘겹게 시작하는 남편이 유일하게 미라

클 모닝을 하는 날이 오늘이었구나. 한때는 다민이가 나의 새벽 시간을 자주 함께 보냈다. 여섯 살이 되니 뜸해져서 기뻤다. 난 아직도 내 새벽 시간에 등장하는 가족들을 아무 감정 없이 대하기가 힘들다. 그건 진정한 혼자만의 시간이 아니기 때문이다. 차라리 이불 속에서 뒹굴거리며 놀았다면 이렇게 힘 빠지지 않았을 텐데 말이다.

식탁에 앉아 노트북을 켜고, 주방에 온 김에 밥솥 취사 버튼도 누른다. 어제 쓰다 멈춘 초고를 마저 쓰기로 한다. 이것이 진정한 키친테이블노블 되시겠다. 힘들 때 치고 나가는 사람이 일류라고 했다지만 그런 말도 오늘은 아무 도움이 되지 않는다. 시간은 가는데 양손은 더디기만 하다. 어휴. 밥도 끓고 내 속도 끓는다.

새벽이고 뭐고 종일 누워있는 날도 있다. 솔직히 일부러 그러기도 하고, 의지와는 달리 몸이 무거울 때도 있다. 매일 순조롭지 않기에 유난 떨며 새벽을 지키는 건지도 모르겠다. 나약하고 흔들릴 일이 많을 하루를 그려보고 대비하기 좋은 시간이다. 새벽에 얻은 활력은 어떤 것에도 양보할 수 없다.

다른 그림 찾기

채민이의 오른쪽 눈 주위가 벌겋다. 며칠 전에 생긴 다래끼 때문인지 아무래도 병원에 한 번 더 다녀와야겠다. 토요일 오전이라 미리 가서 기다리는 편이 좋을 것 같아 아침을 먹자마자 서둘렀다. 병원 건물 주차장은 기계식이라 처음 주차할 때 애 좀 먹었다. 요즘은 대신 병원 건너편 대형마트를 이용한다. 병원도 가고 간단히 장도 볼 수 있고, 무엇보다 주차장이 널찍해서 편리하다. 하지만 오늘처럼 병원 문 여는 시간에 맞추려면 병원보다 30분 늦게 문을 여는 대형마트는 포기할 수밖에 없다. 채민이는 버스 타는 게 더 좋다며 신났다. 어린이 교통카드를 목에 걸고 다니는 재미에 푹 빠진 1학년의 일상 속 즐거움이다. 버스에서 한 커플이 보인다. 노란 니트를 맞춰 입고 앉아서 삼각대를 만지고 있는 그들은 아침 일찍부터 어디를 가는 걸까.

버스 창문에는 여의나루역에 정차하지 않고 곧바로 꽃길 축제장에 간다는 운행 노선 변경 안내문이 붙어 있다. 저기 앉은 커플도 혹시 꽃 구경 가는 길이려나. 여의도를 지나 신촌이 종착역인 이 버스엔 오늘도 얼마나 많은 승객이 타고 내릴까. 진료 끝나면 우리도 꽃을 보러 가야 하나 싶어 마음이 쓰인다. 난 매일 놀이터에서도, 집 앞에서도, 걷기 운동하는 코스에서도, 실컷 꽃을 본다. 이번 주말이 절정이라면 사람들이 넘쳐날 생각만으로도 지친다. 그리고 낮에는 미용실 예약도 해둔 터다.

진료를 마치고 돌아오는 길. 지하철역 앞에 빼곡하게 핀 벚꽃을 보고 채민이가 환호한다. 아이가 좋아하는 모습에 살짝 흔들린다. 미용실 예약 취소하고 나갈까. 회사 안에서 보는 풍경과는 다르니까 직접 보러 나가야 한다는 남편의 말도 생각난다. 하지만 아이를 재촉해서 다시 집으로 들어왔다. 예약 시간이 30분 남았다. 아이들 간식거리 꺼내두고, 미용실에 가져갈 이북 리더기 배터리가 충분한지 확인한다.

"엄마 미용실 다녀오면 꽃 보러 나가자. 알았지?"

주말에 미용실은 오랜만이다. 평일 오전에 주로 이용하는 편인데 요즘 일찍 하교하는 채민이의 일상에 따라 내 오전 시간도 변화가 생겼다. 미용실에서 보내는 두세 시간은 책도 읽고 생각도 정리하기에 좋다. 불필요한 질문이나 서비스 권유가 없는 디자이너 선생님의 배려 덕분이기도 하다. 머리하러 갔다가 호구 조사 받은 적이 여러 번 있던 탓에 조용한 미용실 분위기가 아주 마음에 든다.

주말이라 손님들도 많고 직원분들도 분주하다. 주말이라고 해서 꼭 어디 놀러 가거나 여행 가는 사람만 있는 것도 아니다. 더 바쁘게 일하는 사람들도 많다. 어디 그뿐인가. 코로나 확진자가 급증하고 있어 내 주위에도 자가 격리 중인 가족, 지인들도 상당수다. 주어진 상황에 따라 각자 다른 일상을 살아내고 있다는 걸 너무 쉽게 잊고 사는 건 아닌가 싶다.

늘 남다르게, 특별하게 살고 싶다고 말은 해도 정작 내가 보고 듣는 건 다수가 선호하는 똑같은 생활 방식이었다. 다른 사람들은 어떻게 사는지, 어디를 가는지, 뭘 먹는지에 대해 아무 생각 없이 들여다본다.

오늘도 단톡방은 다수의 의견을 구하는 질문들로 뜨겁다. 어차피 익명 투표라 눈치 볼 필요도 없는데 다른 사람들이 했는지, 안 했는지, 어떤 의견이 나올지 왜 기다리고 있는 걸까. 당당하게 내 의견을 어필하면 된다. 모두가 같은 의견만 있다면 해결 방안도 오직 한 가지뿐이다.

의견을 구하는 사람은 자기편을 한 명 더 만들려는 의도가 있을 거라는 오해도 했다. 옳고 그름만을 따질 게 아니라 나와는 다를지라도 다양한 의견이 뒤섞여 있는 것이 세상이라는 걸 알았어야 했다. 나에겐 그런 게 부족했다. 내 안에서 일어나는 이 사건이 내 인생의 전부도 아니고, 길고 긴 인생에 한 부분이라는 걸 인식하면 여유를 갖고 모든 일을 바라볼 수 있게 된다.

사람들과의 유대감은 도움이 된다. 하지만 깊게 의존하면 나만의 기준이 모호해질 수도 있으니 경계할 필요는 있다. 나의 의지와 별개로 얽히는 일이 생길 수도 있고, 다른 사람의 요구에 끌려가는 경우도 있다. 마음에 걸리는 일을 상황에 따라 잘라내고 끊어내면서 일상을 매끄럽게 만든다.

"어디로 꽃 구경하러 갈까?"

두 아이는 한결같이 '놀이터'를 외친다. 멀리 나가지 않아도 되고 익숙한 곳에서 안전하게 놀 수 있어서 안심이다. 평소에는 다른 친구들과의 충돌을 피해야 하니 미끄럼틀 역주행은 안 된다고 제지했지만, 주말이라 그런지 놀이터에는 우리뿐이다. 그래서인지 오늘은 운동화를 벗고 거꾸로 올라가고 있다. 꼬불꼬불 미끄럼 속 두 아이의 목소리가 점점 멀게 느껴진다. 잘 올라가고 있나 보다. 잠시 후 한껏 들뜬 목소리가 들린다.

"엄마! 나 다 올라왔어! 거꾸로도 성공했어!"

주중에 정신없이 바빴다면 주말에는 다른 그림을 그려보면 어떨까. 한적한 곳에서 특별한 이벤트가 없어도 괜찮다. 마음 편히 느긋하게 보내는 시간으로 주말을 채워도 충분하다.

몸만 어른 마음은 아이

마음 성장기 어른

먹는 즐거움 마다할 사람이 있을까. 많이 먹고 느끼는 포만감이라는 즐거움도 있지만 양보다는 타이밍이 아닐까. 언제부터인지 모르겠지만 먹고 싶을 때 바로 맛볼 수 있는 그 순간이 소중해졌다. 김이 펄펄 나는 콩나물국밥, 폭신한 조각 케이크, 매콤 달달 밀 떡볶이 한 접시. 혼자 있을 때 유독 생각난다. 몸 상태나 기분에 따라 당기는 메뉴도 제각각이다. 배가 고파서라기보다 먹을 시간이니까, 우울하니까, 스트레스 때문이라는 이유인 경우가 많았다. 생각 없이 입에 뭔가를 달고 있는 습관은 고쳐야 할 필요가 있지만 그래도 맛있게 먹는 동안 기분은 확실히 괜찮아진다.

육류와 해산물 중에 고르라면, 망설일 것 없이 해산물이다. 쫄깃하고 부드러운 식감은 말할 것도 없고 어릴 때부터 산낙지, 생선회를 잘 먹었던 터였다. 해산물을 좋아하지만, 주기적으로 먹어야 한다는 생각은 자주 하지 않는다. 반면에 고기는 먹은 기억이 희미해지기 전에 꼭 챙겨야 할 것만 같다. 희한하다. 왜 그럴까. 풍성한 한 입에서 오는 만족감 때문일까. 지글지글 고기 굽는 소리와 고소한 냄새, 취향에 맞게 채소, 냉면, 볶음밥을 곁들이느라 스트레스나 걱정은 사라진다.

주말에 야외에 나가 놀다가 점심때가 되었다. 유독 허기를 참기가 힘들어 주위를 둘러보니 고깃집이 눈에 띈다. 식당 앞에 주차된 차들, 사람들이 드나드는 모습을 보고 있자니 저기 들어가야 할 것만 같은 마음이 든다. 무한리필이라는 간판 앞에서 더이상 생각할 것도 없었다. 지금이 바로, 고기 먹을 타이밍이다.

손님들은 고기와 채소를 쌓은 접시를 들고 다니고 직원들은 숯불을 넣어주거나 그릇을 치우느라 정신이 없다. 안내된 자리로 가서 의자 뚜껑을 열어 외투를 구겨 넣고, 왁자지껄한 분위기는 맘껏 양껏 즐기기에 좋았지만, 아이들 챙기랴 고기 구우랴 남편과 나는 점점 말이 없어졌다.

정신없는 와중에도 쌈을 싸서 입에 넣고 있는데 무슨 맛인지를 잘 모르겠다. 배가 부른데도 본전 생각나서 더 가져올 게 없는지 두리번거린다. 나처럼 입 짧은 사람에겐 무한리필 식당은 손해라는 생각이 드니까 갑자기 기분이 안 좋다. 배고파서 성급하게 들어왔나 싶다. 맛있게 먹기 위해 들어왔는데 뜻대로 되지 않으니 별로다. 뒤쪽 테이블에 방해되지 않게 의자를 조심스레 빼서 아이들을 챙겨서 나왔다. 속이 더부룩한 건지 연기를 많이 쐬어서인지 탁 트인 공원에 가서 좀 걷고 싶다.

집으로 와서 다민이와 슈퍼 심플송 DVD를 봤는데 〈Everything is going to be alright〉라는 노래가 나왔다. 화가 나거나 슬프거나 용기가 나지 않을 때 어떻게 해야 하는지 알려준다. Stop을 외치고 눈을 감고 숨을 크게 들이쉬며 셋을 세어보라고 한다. 그럼 어떤 일이 벌어질까. 어느새 처음 감정은 사라지고 어떻게 해야할지 방법이 떠오른다. 아이와 함께 보는 동안 머릿속이 쿵 했다.

신호등을 기다릴 때나 내 앞에 누군가가 꾸물거려서 순서가 늦어질 때마다 견디기 힘들었다. 왜 이렇게 불안하고 초조한 건지 이상하기만 했다. 그럴 땐 잠시 멈춰서서, 아무것도 하지 않는 동안의 숨이 들어가고 나가는 몸의 움직임을 그대로 느껴본다. 얼마 지나지 않아 마음이 다시 차분해진다.

드라마 〈우리들의 블루스〉에서 나온 은행에 항의하러 온 진상 고객을 상대하는 지점장이 인상적이었다. 고객을 응대하다 같이 화를 낸 직원에게 계속 참으라고만 한다. 나중엔 고객을 지점장 방에 따로 데리고 온다. 직원을 시켜 고객에게 뜨거운 차를 대접한다. 흥분한 상태일수록 뜨거운 차를 마시게 해야 한다는 것이었다. 한 박자 쉬게 하려는 의도다. 지점장의 말대로 고객은 흥분을 가라앉혔고, 새로운 상품의 계약까지 하고 갔다.

종종 충동적 선택을 하는 경우가 있다. 좋지 않은 기억이 떠올랐거나, 부정적인 말을 들었을 때가 그렇다. 충분히 쉬지 못한 상황에서도 판단력이 흐려져 선택을 후회하게 된다. 순간적인 감정에 이끌리지 않고, 느긋하고 차분하게 일어난 일만 바라보는 연습이 필요하다.

내가 원하는 게 무엇인지 잘 모를 때가 있다. 이것도 하고 싶고, 저건 또 어떨지 갈팡질팡한다. 선택에 대한 확신을 찾기로 했다. 오늘 어떤 기분이었는지, 후회되거나 잘한 일에 대해 셀프 피드백한다. 후회하고 싫증 내는 마음을 성장시켜가는 나만의 방식이다.

누워있고만 싶어

코로나 백신 3차 접종을 하고 왔다. 부작용에 대한 말들이 많아 겁이 났지만, 1차, 2차는 가벼운 몸살로 지나갔다. 3차는 또 어떨지 모르니 무리하지 않기로 했다. 별 증상도 없었는데 몸 사린답시고 접종 당일 저녁은 배달 음식으로 해결했다. 혹시 모를 증상에 대비하려면 남편이 쉬는 주말 전날이 나으니까 금요일에 접종했다. 잠들기 전까지 허리가 조금 아픈 것 말고 아무렇지 않았다. 다행이었다.

토요일 아침. 어제와 마찬가지로 허리 통증만 있었고, 해열진통제만 잘 챙겨 먹으면 괜찮았다. 그래도 쭉 누워만 있었다. 넷플릭스로 드라마를 볼까 하다가 한번 시작하면 끝장을 보고 싶기에 우선 보류했다. 시간 날 때 보려고 메모한 영화 목록에서도 고르지 못하고 시간만 날렸다. 확실히 알았다. 아프거나 피곤한 것 말고 이유 없이 누워있으면 시간만 흐르고, 기분만 나빠진다는 사실을 말이다.

일요일 아침에는 일어나자마자 욕실 청소를 하고 아이들 실내화를 빨아 널었다. 허리 통증이 있어도 어제처럼 눕지 않았다. 책상에 앉아서 책을 읽어도 크게 불편하거나 아프지 않았다. 낮에는 드라이브 겸 근처 호수 공원에 가서 시간을 보냈다. 3차는 오히려 1, 2차보다 수월했다.

　　충분히 견딜만했다. '아플 거다, 아플 거야, 누워야 돼.' 이런 생각들에 넘어가는 건 순간이었다. 누워서도 마음이 불편했다. 그냥 백신 접종 핑계로 아무것도 하고 싶지 않았던 거다. 가끔 아무것도 하지 않는 날도 필요하니 충분히 쉬고 나서 다시 쭉쭉 나아가면 되는 일이었다.

　　산책하고 돌아오는 길에 꽃집에 들렀다. 딱히 사고 싶은 꽃은 떠오르지 않지만 나에게 선물하고 싶었다.

"책상에 올려둘 꽃을 사러 왔는데요. 뭐가 좋을까요?"

"요즘 프리지어가 많이 나가요"

"그거 주세요. 다른 꽃들도 예쁘네요. 같이 더 살까 봐요"

"오늘은 프리지어 한 단만 가져가고 또 오세요."

"네. 자주 올게요"

집에 와서 꽃병에 물을 담고 한 송이씩 조심히 들어서 꽂았다. 가느다란 줄기가 꺾이지 않도록 살살 만졌다. 꽃병과 지금 읽을 책만 남기고 어질러진 책상을 정리한다. 괜히 눕고 싶을 때마다 단정하고 깔끔한 책상에 앉기로 했다. 오늘은 꽃이지만 다음엔 책상에 어떤 걸 올려놓을지 생각해봐야겠다.

어려운 것보다 하기 싫은 일들에 치이는 경우가 많다. 다 제쳐두고 누워만 있고 싶은 마음이 드는 건 당연하다. 한 번만 귀찮음을 꾹 누르고 일어났을 때의 희열이 있다. 처음이 어려울 뿐, 결국은 더 빨리 일어날 방법을 찾을 수 있다. 망설임이 짧을수록 극복의 짜릿함은 길다.

이유 없이 누워있으면 시간만 흐르고,
기분만 나빠진다 이럴땐 꽃병에 물을 담고
한 송이씩 조심히 들어서 꽂는다.
아무것도 하지 않는 날도 필요하니 충분히 쉬고 나서
다시 쭉쭉 나아가면 된다고 다짐한다.

성공한 사람들의 작은 습관

2019년 12월 21일 새벽. 모닝 저널을 처음 쓴 날이다. 책상에 앉아 노트를 열고 감사, 확언, 일기를 썼다. 명상 앱을 들으며 15분 동안 눈을 감고 있었다. 이게 맞는 건지, 제대로 하는 건지 어색했다. 그렇게 얼마 동안은 조금 답답한 새벽을 보냈다. 몸도 적응이 필요했는지 낮엔 졸리고 피곤했다. 잠깐의 낮잠으로 해결할 수 있으니 그건 문제 되지 않았다. 달라지고 싶은 마음이 컸으며 매일 새벽이 기다려졌고 고요함이 점점 좋아졌다. 결과적으로 좋은 습관이 생겼다. 루틴이 있는 삶은 나를 관리하는 데 도움이 되었다.

유튜브 알고리즘 때문인지 한동안 새벽 기상 영상이 자주 보였고, 볼 때마다 신선했다. 화면에서 눈을 떼지 못했다. 영상은 새벽 4시 30분의 휴대폰 화면으로 시작한다. 책상에 앉아 뭔가를 쓰고 책을 읽는다. 시간이 지나자 창밖에 서서히 햇살이 비추기 시작한다. 나도 마치 그 공간에 있는 듯했다. 새벽 루틴이 끝나면 회사로 출근하는 그들이 대단해 보였다. 나와는 전혀 다른 세상이 펼쳐지고 있었다. 현실 속 나의 하루는 시작이 힘겹기만 했다. 별다른 일정 없이 지내는 날들이 이어지다 보니, '이대로 괜찮을까'하는 불안함도 생겼지만, 그때뿐이었고 불안함보다 익숙해진 환경이 편했다.

영상 속 유튜버들은 입을 모아 자신들이 달라졌다고 말한다. 구독자에게 해보라고 말하는 표정에는 자신감이 가득하다. 피곤해 보인다거나 무리하는 것 같지 않으며 진심으로 즐기고 있고 좋아한다는 걸 알 수 있었다. 그들은 안주하지 않고 더 효율적인 방법을 시도해 보고 보여줬다. 이미 시간 관리를 잘하고 있는데도 꾸준하게 새로운 콘텐츠를 만들었다. 그래서인지 영상은 점점 업그레이드되었다. 새로운 에피소드를 기다렸다. 새벽 기상 콘텐츠를 구독하다 보니 나의 마음도 움직이기 시작했다. 보기만 했던 새벽 루틴을 직접 해보기로 했다. 가족들보다 일찍 일어나서 책도 읽고 글도 썼다. 어렵기만 했던 시간 관리도 조금씩 수월해졌다. 하고 싶은 일들이 생겼고, 나도 이 정도면 괜찮은 사람이라고 믿게 되었다.

목표를 이루기 위해서는 악착같아야 한다는 말을 자주 들었다.

때에 따라서는 잠도 줄여야 한다고 했다. 학창 시절에는 꿈도 목표도 딱히 없었고, 친구들과 노는 것도 별 재미가 없었다. 그저 사춘기였다고 하기에는 심하게 아무것도 없었다. 자율학습 시간 대부분은 친구한테 편지 쓰며 보냈다. 그때의 나는 뭘 믿고 그렇게 여유로웠을까.

주부로서 애매하게 하루를 보내기 싫었다. 자기 관리 잘하는 사람이 부러워지기 시작했고 저 사람은 어쩜 저렇게 여유로워 보이는 걸까. 난 어디부터 시작해야 할까. 방법이 궁금했다. 책에서 나오는 '지금도 잘하고 있다', '이대로도 괜찮다'라는 말은 전혀 매력적이지 않았다. 매번 반복하고 후회하는 안 좋은 습관을 바꾸기 위해 즉각 실행할 수 있는 습관이 필요했다.

자기계발서에서 주로 추천하는 좋은 습관은 독서, 명상, 걷기였다. 이걸 해야만 반드시 성공한다고 할 수 없지만 성공한 사람들 대부분이 실천하고 있는 것이다. 특별한 뭔가가 있을 줄만 알았는데 그것도 아니었다. 당장 하나씩이라도 시작할 수 있었다. 행동하면 달라진다는 확신이면 충분했다.

사람들이 모두 활기차 보인다. 내 머리 위로만 먹구름이 지나

가는 듯하다. 걷어내기로 한다. 부정적인 감정은 바꾸고 지울 수
있었다. 힘들고 답답할 때도 그냥 매일 하는 루틴에 집중했다. 직
접 반복하고 실행하는 습관들로 얻은 단단함으로 하루를 사는 것
이었다. 힘이 나지 않을 때 어디서 뭘 하면 좋을까, 하며 방황하
지 않는다.

　나도 성공한 사람들 부럽지 않은 나만의 습관이 있다. 처음에
는 그들의 이야기를 이해하기 어렵다는 이유를 찾고 내 상황과
맞지 않는다는 핑계를 대기 바빴다. 그래도 포기하지 않고 책을
읽다 보니 나에게 필요한 부분이 보였고, 습관을 만들었다. 흐트
러지거나 잠시 쉬어도 불안한 마음이 덜하다. 며칠 지나지 않아
서 다시 습관대로 움직이는 힘이 생겼다.

따라쟁이가 되자

검진이 끝나자 긴장이 풀린다. 약국에서 약을 받고, 1층 출입구에서 잠시 멍하게 서 있었다. 비 때문인지, 병원에 와서인지 마음이 무겁다. 이대로 집에 가면 더 가라앉을 듯해서 바로 보이는 카페에 들어가 따뜻한 아메리카노를 주문하고 앉아서 외출 필수품인 이북 리더기를 꺼낸다.

언제부턴가 집이 아닌 곳에서 책을 꺼내면 눈치가 보였다. 놀이터, 지하철, 버스 정류장에서는 어른, 아이 할 것 없이 모두 스마트폰 삼매경이다. 다들 스마트폰 꺼낼 때 난 책을 꺼내는 것뿐인데 왜 그렇게 다른 사람들이 신경 쓰일까. 어차피 그들은 나한테 관심도 없는데 말이다. 종이책을 선호하는 편이지만 밖에서도 마음 편하게 책을 읽고 싶었다. 다른 사람들 눈치 보느라 안 읽는 것보다 낫지 않을까 싶어서 이북 리더기를 장만했다. 무거운 기분을 바꿔보려 리더기를 펼쳤지만, 내용이 눈에 들어올 리 만무하다. 그래도 읽는다.

'음... 다 아는 얘기잖아?'

이럴 때 책을 바로 덮지 말고 견뎌본다. 활자에 빨려 들어가는 기분이 들면서 슬슬 발동이 걸린다. 처음의 약간 지루한 구간만 지나면 괜찮다. 내가 원하는 답을 찾았을 때, 기발한 문장에 치일 때나, 작가의 삶이 그저 존경스러워 보일 때. 그 순간을 만나면 흐름을 타게 되어있다. 머릿속에 책의 내용이 콕 박히면서 방금까지 나를 뒤흔든 걱정이 무엇이었는지 희미해진다.

포기나 체념에 익숙해진 나를 바꾸고 싶었다. 내가 어찌할 수 없을 때는 포기가 아닌, 받아들이고 기다릴 줄도 알아야 한다는 걸 깨달았다. 어렵고 괴로운 일이 생길 때마다 나빠질 일만 남았다고 체념하는 대신, 이제는 그 일이 일어난 이유부터 생각해본다.

인생은 축적이다. 양이 충족되면 질적 성장도 이루어진다. 책에서 나와 비슷한 경험이 나오면 깊이 공감한다. 거울처럼 나를 비추는 감정에 날을 세울 때도 있지만 회피보다는 직면을 택한다. 전에는 잘 보지 못했던 내 감정의 민낯을 똑바로 바라본다.

처음에는 불편했지만 거듭할수록 내가 알지 못했던 세계까지 볼수 있다. 지금 처한 상황이 전부라고 생각했다. 하지만 나와 비슷하거나, 나보다 훨씬 더 힘든 환경에서도 꿋꿋하게 살아가는 사람들을 만날 수 있었다. 현실에서는 당장 찾을 수 없었던 희망과긍정을 발견할 수 있었다. 멀리 바라보고 크게 생각할 수 있게 도와준다. 부족한 나를 채우고, 거칠고 나약하기만 한 나를 다듬을수 있게 해준 것이 책이다.

읽을수록 더 욕심이 생긴다. 쓸데없는 것을 줄여가며 독서량을늘려가야겠다는 원칙을 지킨다. 왜들 그렇게 책을 읽으라고 강조하는지 이제라도 알게 되어 다행이다. 책을 읽으며 멋지게 나이들고 싶다는 꿈이 생겼다.

책을 읽다 보니 어떻게 책을 쓸 수 있는지 궁금해졌다. 혼자 조금씩 썼다. 내 생각을 끄적거리기도 하고 책을 읽고 느낀 점을 간단히 기록했다. 일기도 썼다. 그러다 책을 쓰고 싶다는 생각이 들어 도전했다. 글쓰기 수업을 들었고, 초고를 썼고, 출간했다. 책출간 과정을 따라했더니 가능했다. 목표를 이루었다.

얼마 전 초등학생의 읽기, 쓰기에 대한 강의를 들었다. 진행하시는 작가님은 불시에 엄마가 책을 얼마나 읽는지에 대해 질문했다. 아이에게 책을 어떻게, 얼마나 읽혀야 하는지를 따져보기 전에, 엄마의 독서량 체크가 먼저였다. 다 알고 있는 내용이지만, 실천하는 사람이 그리 많지 않기 때문에 강조되는 부분이 아닐까. 그날 강의의 핵심은 매일 한 권씩, 아이가 소리 내어 읽게 하라는 것이었다. 누군가는 영양가 없는 내용이라고 생각할 수도 있고 대단한 방법을 기대하고 들어왔다가 실망할 수도 있었다. 사람들은 늘 자신이 그리고 원하는 만큼의 답을 얻는다. 다수가 같은 책을 읽고 강의를 듣지만 다른 결과를 얻는 원인은 바로 실천에 있다.

실천은 쉬운지 어려운지를 따지기 전에 우선 직접 해봐야 알 수 있고 무엇이든지 매일 꾸준하게 하는 것에 가치를 둔다. 알고 있는 것과 행동하는 것은 천지 차이다. 나를 따라 하는 아이들 앞에서 당당해지기 위해서라도 더욱 책과 강의 속의 그들을 따라 하기로 했다.

유튜브나 인터넷 검색으로 빠르게 답을 찾을 수도 있겠지만, 책을 한 페이지라도 넘기면 나의 문제를 능동적으로 해결했다는 생각이 들어서 뿌듯하다. 아무래도 유튜브나 인터넷 검색의 '봤다'라는 느낌과 책을 '읽었다'라는 다른 결 때문이리라. 확실히 책은 남는 것도 많고 여운이 길다. 내 손에 꼭 쥐게 된다.

책만큼 나를 위로해 주고 알아주는 것도 없다. 문제 해결을 위해서는 무엇보다 책이었다. 감정 관리는 물론 육아, 미니멀라이프도 공부하고 실천했다. 당장 답을 찾지 못해도 포기하지 않았다. 책을 읽는 시간의 의미를 알게 되었기 때문이다. 아직 갈 길이 멀지만, 인내심을 갖고 과정을 즐기기로 했다. 책 속의 그들을 따라가는 것만으로도 가슴이 뛴다.

포기나 체념에 익숙해진 나를 바꾸고 싶다.
무엇이든지 매일 꾸준하게 하는 것에 가치를 둔다.
그리고 갈 길이 멀어도,
인내심을 갖고 과정을 즐겨보기로 한다

나이 말고 취향

　나이에 맞게 정해진 취향은 없다. 그렇기에 누군가에게 음악이나 책을 추천할 때도 나이가 기준이 되는 건 싫다. 관심사, 성격, 습관으로도 충분하지 않을까. 그다음에 나이를 따져도 크게 상관은 없을 듯하다. 그것도 아니라면 부담 없이 그냥 내 취향대로 권해도 괜찮다.

　시간이 갈수록 오래된 음악과 영화가 좋다. 취향이 크게 변하지 않았다. 스테디셀러, 고전에 더 관심이 많다. 긴 시간 동안 사람들 입에 오르내리는 이유가 있을 거다. 그중에서 고르면 실망하거나 후회할 일이 줄어든다. 검증된 것 위주로 선택하겠다는 고집이라고나 할까. 사실, 좋은 걸 한눈에 알아보는 안목이 부족한 탓도 있다. 물론 새로운 흐름에 대해서도 알 필요가 있다. 다만 그 비율을 오래된 쪽에 더 두고 싶다. 나만의 취향, 안목을 기르는 방법이다.

　나의 취향의 중심에는 '책'이 있다. 책 읽는 분위기에 어울리는 카페를 즐겨 찾고, 책이 충분히 수납 가능한 가방을 좋아한다. 나이에 맞추면 선택의 폭이 좁아진다. 얼마 전에 생긴 집 근처 스터디 카페에 가기 전까지 망설였다. 딱 보기에도 학생들만 드나드는 것 같아서였다. 괜히 학생들 공부하는 독서실에 나타나는 불청객이 되고 싶지 않았다. 막상 가보니 괜한 걱정이었다. 카페 입구에 있는 키오스크에는 안내문이 붙어 있었다. 일반 독서실의 분위기가 아니라는 안내였다. 노트북 작업이 가능한 공간도 따로 마련되어 있었다. 나만의 아지트가 한 곳 더 늘어서 즐거운 요즘이다.

나만의 취향을 갖는 것은 중요하다. 나에게 맞는 것, 좋아하는 것, 원하는 것에 대해 늘 촉을 세운다. 언제 어디서든 확고한 취향을 말할 수 있는 당당한 사람이 되고 싶다. 새로운 변화 앞에서 우물쭈물하지 않도록 유연함도 길러야겠다.

잊고 있었던 좋아하는 음악을 들었을 때, 음식이 입에 딱 맞을 때, 우연히 들어간 카페에 사람이 적을 때, 아무 생각 없이 비 오는 풍경을 바라볼 때. 내 취향과 통하는 순간은 언제 어디서든 만날 수 있다. 일상에서의 선택권이 늘었다. 지치고 힘들 때 위로가 되고, 기분 전환할 수 있는 나만의 방식 덕분이다. 나이에 맞게 즐긴다는 것은 경험을 통해 진짜를 알아보는 안목을 기르는 일이다. 다수가 좋아한다는 이유 말고 내 마음을 움직이게 하는 것을 기준으로 삼는다.

취향은 솔직함이다. 행복하고 즐거운 삶을 위해서는 '나만의 것'을 찾아야 한다. 다른 사람 시선 따위 신경 쓰지 않는다. 마흔 둘에서 벗어나기로 했다. 청소년 소설도 읽고 그림책도 읽는다. 내 수준에 맞게, 내 취향에 어울리게. 뭐 어때?

취향은 솔직함.

그때 넌 애어른이었지

　혼자만의 틈새 시간을 거르지 않는다. 심각한 고민도 없고 아픈 곳 없이 잘 지낸다. 매일 나만의 에너지 안에서 무리하지 않는다. 다만 한 가지 어려운 건 감정 관리다. 타고나지 못한 건가 자책도 했지만, 이제부터 책을 읽고 배워가면 되겠다 싶었다. 자기계발서에는 자존감, 두려움에 관한 이야기가 빠지지 않으며, 육아서에는 내면 아이, 엄마 감정의 중요성에 대해 끊임없이 말하고 있다. 책을 읽을수록 나는 모든 면에서 부족하고, 문제투성이라는 사실을 확인하게 되어 고통스러웠다.

　전업주부로 지내는 이 시간을 알차게 쓰고 싶다. 몇 년 후엔 일을 하고 돈도 벌 수 있을 거라는 희망을 품었다. 긴 공백을 그냥 두기 싫었다. 육아와 집안일이 아닌 나를 위한 공부를 해야 한다고 생각했다. 지식을 채우는 것도 필요했지만, 항상 나를 힘들게 하는 감정 해결이 우선이었다. 해결점을 찾아야만 했다. '해결'해야 한다는 생각은 부담스럽고 무거웠다. 40년 넘게 끌고 온 문제를 단번에 풀어내겠다는 건 욕심이었다. 그럴만한 힘도 부족한 사람이다. 그저 '점점 괜찮아지고 있다는 것', 그런 건 어떤 느낌인지 알고 싶었다.

다른 사람들, 주위 환경 때문에 힘든 줄로만 알았다. 아니었다. 오히려 다른 사람과 있을 때나 밖에서는 어떻게든 적응한다. 내가 이런 사람이었나 싶어서 놀라기도 한다. 하지만 나에게는 관대하지 않았다. 사소한 실수에도 바로 자책한다. 끊임없이 남과 비교하며 나를 소홀히 대했다.

얌전하고 착한 모습을 보이는 것이 어른들의 눈 밖에 나지 않는 거라고 배웠다. 가만히 있으라고 해서 가만히 있으면 말 좀 하라는 소리를 들었다. 무슨 말을 해야 하는 건지 아무 생각이 나질 않았다. 잘한 일만 말해야 하는 줄 알았다. 그런데 난 잘하는 게 없었다. 말수는 점점 줄었고 어딜 가나 숫기 없는 아이였다. 그래서일까. 아이가 궁금한 점을 수시로 물어볼 때마다 나와 다르다는 생각이 든다. 어른에게 사소한 말 한마디 하는 것조차 서툴렀던 어릴 적 내 모습이 겹쳐져서 불편했다.

채민이와 가끔 편지를 주고받는다. 조그만 수첩에 하고 싶은 말을 써서 건넨다. 시작은 나의 사과 때문이었다. 다짐과는 다르게 자주 화를 내고, 말로 사과했다. 그런 나를 아이는 용서해줬다. 그러다 문득, 글이라면 나의 진심을 잘 전할 수 있을 듯했다. 편지로도 아이는 엄마와의 있었던 일을 다 기억한다는 사실을 알았다. 내가 했던 뾰족한 말, 따뜻한 말 그리고 어떤 상황이었는지도 말이다.

우물쭈물 망설이는 아이를 기다려주지 못하고, 크게 말을 해야지 도와줄 수 있다고 다그치기만 했다. 별 반응이 없는 아이 모습에 더 화가 나서 나를 무시하는 건가 하는 생각도 했었다. 서로 솔직하게 글을 주고받으며 오해를 풀었다. 아이의 그 모습은 엄마에 대한 반항이 아니라 다그치는 엄마가 낯설어서 선뜻 말이나오지 않았던 것뿐이었다. 아이를 보며 아직도 나의 감정은 유년기에서 멈춰있는 건 아닌지 생각했다.

아이답지 못했던 기억에 힘들었다. 지금은 어른답게 사는 방법을 찾는다. 나다운 모습이 무엇인지, 어떻게 살아갈 것인지에 대한 고민은 끝이 없다. 완벽하게 갖춰진 자신을 바라는 건 욕심이다. 대신 부족했던 그때의 나에 대한 후회는 짧게 끝낸다. 해방감을 누리며 마흔둘의 어른으로 살고 있다.

힘들었던 아이답지 못한 기억에서 벗어나기로 한다.
나에 대한 후회는 짧게 끝내며 아이와 가끔 편지를 주고 받는다.
마흔에는 어른으로 살고있다.

성인 2명, 유아 2명

결혼 10년 차, 우리 부부의 팀워크는 꽤 잘 짜여 있다. 주말 나들이를 마치면 들어와서 쉴 틈 없이 각자 위치로 향한다. 남편은 창문을 열고 거실 매트를 걷는다. 바닥 여기저기 널브러진 책, 장난감을 치운다. 난 장 본 것들을 들고 주방으로 간다. 다 마른 그릇은 찬장에 넣는다. 미리 불려놓은 쌀을 깨끗이 씻고 취사 버튼을 누른다. 김밥 만들기에 필요한 재료들을 꺼내두고 거실로 온다. 남편은 다시 주방으로 가서 김밥을 말고 난 청소를 시작한다.

김밥은 남편표가 맛있다. 김밥 마는 소질 있는 줄 몰랐다. 청소는 평소에 자주 하는 내가 해야 빨리 끝낼 수 있다. 각자 잘하는 걸 하면 된다. 특히 주말은 네 식구가 종일 붙어 있으니 분업 시스템이 원활히 돌아가야 한다. 까딱하면 이도 저도 아닌 시간을 보낼 확률이 높다. 육아만 하다가, 살림만 하다가 진이 빠진다. 피곤하다는 이유로 내리 잠만 잤다가는 주말은 그냥 사라진다. 그래서 더욱 육아, 살림, 휴식이 고르게 들어있는 주말이 절실했다.

집안일, 육아를 왜 나만 다 해야 하는 건지 억울했고, 무심해 보이는 남편에게 서운했다. 남편도 마찬가지로 매일 징징거리는 나한테 질렸을 거다. 서로 누가 더 힘든지 따지면서 각자 할 얘기만 했지, 들으려 하지 않았다. 상대방의 고통을 먼저 이해해보려 하지 않았다. 세상 가장 힘든 사람은 나였으니까. 이 무의미한 반복을 끊어낼 생각은 하지 못했다.

맛있는 김밥을 먹기 위해서는 소질 있는 사람 손이 필요하다는 것. 거실 바닥의 무거운 매트와 의자는 힘이 센 쪽이 치우면 좋다는 것. 주방 살림 위치를 잘 알고 있는 사람이 미리 정리해두면 요리하기 편하다는 것. 두 아이가 차에 타면 각각 뒤쪽에 있는 한 명씩 맡아서 벨트를 해주는 것. 시간이 지날수록, 말하지 않아도 서로를 이해할 수 있는 일이 늘어간다.

요즘엔 '그냥 누가 좀 더 하면 어때' 하는 마음으로 웬만한 일들은 넘긴다. 내가 이만큼 했으니 상대방도 그만큼, 아니 비슷하게라도 보여줘야 한다는 건 치사해 보인다. 엘리베이터가 10층에서 멈춰있을 때만큼 초조한 적도 없다. 사람은 내렸는데 문이 닫힐 때까지 엘리베이터는 꼼짝하지 않는다. 9층에서 기다리다가 이대로 그냥 뛰어 올라갈까 생각한 적 여러 번 있다. 기다리는 시간이 왜 그리도 힘들던지.

이제 내릴 때 뒤에 사람이 없으면 '닫힘'을 눌러 놓고 내린다. 누군가 엘리베이터를 기다리는 상황이라면 시간 단축할 수 있으니 말이다. 나처럼 숫자 옆에 멈춰있는 화살표가 사라지기를 하염없이 바라볼 누군가를 위해서 말이다. 시작은 누군가를 위함이었지만 결국 내 기분이 좋았다.

가족을 공기처럼 그저 당연하게 여겼다. 가까운 사이라 놓치거나 보지 못한 것들도 많다. 미리 준비할 수 있는 일은 조금 먼저 움직이면 나중에 수고가 덜 든다. 무슨 일이든 가족과 나를 위한 것이라고 하면 마냥 억울할 일도 그리 많지 않다. 일상의 평온을 잃지 않도록 오늘에 감사하고 다가올 시간도 준비한다. 때론 느슨하게 때론 거침없이 사랑하고 이해하는 끈끈한 네 사람이 되길.

마흔의 가족이란

공기처럼 그저 당연한 사이

억울한 일이 1도 없는 사이

때론 느슨하게, 때론 거침없게 사랑하는 사이

눈치 좀 그만 보고 싶다

카페 1층에 자리를 잡았다. 2층이 훨씬 넓고 좋은데도 굳이 여기에 앉는 이유가 있다. 카페에 온 목적을 달성하기 위해서다. 집중해서 글을 쓰려면 주위 환경을 생각하지 않을 수 없다. 1층에는 수시로 사람들이 드나들고 2층에서 내려올 때 지금 앉은 이자리가 딱 보이기 때문에 사람들의 시선이 내 노트북 화면에 멈출 확률이 높다. 괜히 인터넷 창이나 SNS를 띄어놓고 있기 민망한 탓에 한글 파일만 열어둔다. 쓸데없이 보내는 시간을 줄여보자는 심산이다.

창밖으로 버스 정류장이 보인다. 1호선 석수역 앞은 서울, 인천, 안양으로 가기 위해 버스를 기다리는 사람들로 붐빈다. 한창 공사 중인 신안산선이 개통되면 이 동네는 또 어떻게 바뀔지 2년 후가 궁금해진다. 이런저런 생각을 하며 밖을 멍하니 바라보고 있으면 잡념이 사라지고 아이디어도 떠오른다.

버스를 기다리는 사람들은 스마트폰 삼매경이다. 책보다 스마트폰을 들고 있는 사람들을 보고 있자니 갑자기 내 앞의 한글 파일이 무슨 소용이 있나 싶다. 서점에서 베스트셀러 코너에서나, 유명 작가의 신간을 볼 때 먼저 확인하는 게 있다. 책 앞과 뒤의 초판 발행일을 살핀다. 몇 쇄를 찍었는지 궁금해서 봤는데 말도 안 되는 날짜 간격으로 2쇄, 3쇄, 그 이상 중쇄를 찍고 있다. 그냥 차원이 다른 현실을 받아들인다. 차라리 블로그에 글을 쓸까 하다가 얼마 되지 않는 하루 방문자 수를 떠올리며 다시 좌절한다. 써봤자 보는 사람도 없다는 핑계로 시간만 축내고 있다. 힘이 빠진다.

대학생 때, 영어학원 아르바이트를 했다. 중, 고등학생을 대상으로 수업 후 단어 테스트를 했고, 수업 중엔 사무실에서 교재 편집을 보조했다. 그 당시 학원은 주택가 골목에 자리한 작은 건물 2층이었다. 교실은 3개였지만 수업은 낮부터 밤까지 꽉 차 있었다.

교재를 만들면서 수업 내용이 만만치 않다고 느꼈다. 대학생 때였으니 토익을 자주 접할 시기였기도 했고, 편입 영어를 공부해본 터라 어느 정도는 감을 잡을 수 있었다. 더군다나 중, 고등

학생이 다루는 문제라고 보기에는 꽤 난이도 있었다. 학원 규모
는 작았어도 수업 교재는 깐깐한 기준으로 선정했다. 원장님은
바쁜 학원 일정에도 불구하고 새벽에 강남에 있는 토플 어학원을
다니신다고 했다. 심화반 아이들에게 토플 교재로 수업을 진행할
계획이 있어서 미리 준비하시는 듯했다.

　단어 테스트를 할 때나 가끔 수업 보조로 들어갈 때면 아이들
은 한결같이 숙제도 많고 어렵다며 하소연을 하기도 했다. 원장
님만의 그런 운영 방식에도 수강생이 줄지는 않았다. 오히려 6개
월이 지났을 무렵, 길 건너편 신축 건물 3층에 학원을 하나 더 오
픈하셨다. 겉보기에 허름한 학원이라고 해서 수업 내용 절대 부
실하지 않았다. 자신만의 확고한 철학을 밀고 나간 그때 원장님
의 모습이 요즘 들어 자주 떠오른다.

　나에게 필요한 건 노트북 앞에서 끝까지 앉아있을 용기였다.
술술 써 내려가는 경험을 해본 적 없다. 그런 건 나만 피해서 다
른 작가님들에게만 주어진 건 아닐까 했다. 이제 시원하게 인정
하고 받아들인다. 나만의 속도로 가되 멈추거나 포기하지 말자고
결심했다. 나의 행동에만 집중하기로 말이다. 막연하게 누군가가

읽어주길 바라기 전에 어떤 글을 써서 도움을 줄 수 있을지를 고민하는 게 먼저였다. '이런 글을 누가 읽겠어?, 누구를 위해 쓰려고 해?'로 통하는 망상에 그만 끌려다니기로 하며 마음속 돌 하나를 치운다.

　모든 일의 처음은 불확실하다. 내가 가진 시간과 에너지를 완전히 쏟아도 될지 망설인다. 나 자신을 믿고 나갈 힘이 부족하더라도 그냥 꾸준히 해보라는 말을 실천하기로 했다. 재거나 눈치 보느라 놓친 부분을 채워간다. 흔들리는 눈동자를 들키지 말아야지.

Case 04

내가 뭘 좋아했더라

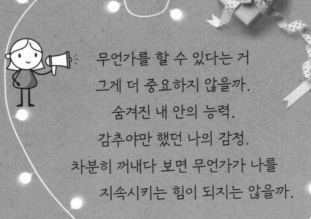

무언가를 할 수 있다는 거
그게 더 중요하지 않을까.
숨겨진 내 안의 능력.
감추야만 했던 나의 감정.
차분히 꺼내다 보면 무언가가 나를
지속시키는 힘이 되지는 않을까.

글쓰기 마음을 들여다보는 효과 빠른 방법

일 년째 매주 수요일 오전마다 온라인 글쓰기 수업을 듣고 있다. 그전에는 여유가 있거나 특별한 사연이 있어야만 책을 낼 수 있다고 생각했다. 언제부턴가 SNS로 책을 출간한 이들의 소식을 자주 들었고, 글쓰기 수업도 많다는 사실을 알게 되었다. 어느 순간부터 나도 할 수 있다는 믿음이 생겼다. 자기 확신만큼 용기를 주는 것도 없다.

매일 한 꼭지씩 쓰기로 하고, 완성할 때까지 초고를 하루의 중심에 놓았다. 자연스럽게 머릿속에 오늘 써야 할 글에 대한 연결고리가 늘어났고 잡념이 줄었다. 그렇게 글 쓰는 시간을 확보했고, 나와의 약속을 지켰다.

전업주부로 지내면서 어디서 사람들을 만날 수 있을까, 다시 사회에 나가지 않아도 괜찮을까 하는 걱정은 끝이 없었다. 사람을 만나고 알아가는 걸 억지로 할 수 없다는 것쯤은 잘 안다. 더 중요한 건 마음에 맞는 사람 만나기가 점점 어렵다는 사실이다.

이런 나에게도 새로운 인연의 끈이 생겼는데, 글쓰기 수업을 통해 알게 된 작가님들과 소통하고 독려하며 지내는 요즘이 감사하다.

놀이터에서 자주 만나는 아이 친구 엄마들이지만, 친한 사이는 아니다. 무슨 말을 해야 할지, 어디까지 이야기를 해야 할지 늘 조심스럽다. 시간이 지나도 편하지는 않다. 한때는 어떻게든 놀이터에 가지 않을 핑계를 찾기도 했다.

마음을 바꾼 계기가 있다. 일상을 돌아보며 글감을 찾는 편이라 놀이터에서도 다양한 사람들, 감정을 만난다. 즐거웠던 일, 놀랐던 일, 불편했던 일, 화가 났던 일을 떠올리며 글로 썼다. 마냥 어렵기만 한 사이라고 단정 짓기엔 내 일상의 큰 부분을 차지하고 있었다. 어려운 사이라고만 생각하지 않기로 했다. 웃으면서 안부를 나누면 되는 거였다. 일상의 기록을 통해 배운 점이다.

2021년 5월 26일. 첫 번째 책의 초고를 완성한 날이다. 한글 파일 하단에 적힌 'A4 86페이지, 109441글자'의 표시는 잊지 못할 듯하다. '머릿속에 있는 거 다 꺼냈더니 이제 아무것도 없다'라고 숨을 크게 내뱉었다. 지난 몇 년간 읽은 것, 메모해 놓은 수

첩, 노트, 블로그 내용을 총동원해서 썼다. 인생 첫 초고를 완성한 기쁨의 크기만큼, 다시 채워야 할 빈자리도 컸다.

책만 열심히 읽으면 될 줄 알았는데, 거기서 답을 찾아야만 했다. 책 속 이야기가 모두 내 상황과 비슷했고, 바로 내가 쓰고 싶은 주제였다. 이런 내용도 책으로 나올 수 있구나, 나도 할 수 있겠다 싶었다. 그저 모든 게 머릿속에만 있었다. 아직 채워지지 않았으니 글을 쓸 수 없다는 핑계만 갖다 붙였다. 글로 쓸 때와 말로 할 때는 다르다. 다 아는 것 같아도, 막상 손을 움직이면 쉽지 않다. 써야만 뭐가 부족한지 알게 되기에 읽기와 쓰기는 병행할 수밖에 없다.

복잡한 생각 그대로 백지 위에 털어놓는다. 걱정, 두려움도 쓰고, 이루고 싶은 꿈도 적는다. 대단한 무엇을 쓰겠다는 목적이었다면 지속하기 어려웠을 거다. 처음부터 잘할 수 없다는 사실을 인정했더니 수월했다. 나를 위한 글쓰기는 이미 내 안에 있는 것들을 꺼내는 작업이다. 내가 나에게 보내는 신호를 즉각 알아차리고 해결하는 일이다.

숨을 크게 들이쉬고
종이 위에 빈 공간을
채워나가면 나를
알아갈 수 있지 않을까.

걷기 **일상의 순간들이 감동일 때**

현관에 붙여진 헬스장 전단지를 떼어내며 문득 요즘 체력이 예전 같지 않다는 생각이 든다. 나이 들수록 근력을 키워야 한다는데 근처 점핑 체육관이나 필라테스 학원에 문의라도 해봐야 하나 싶다.

영화〈아이 필 프리티〉의 르네처럼 운동으로 자존감을 키울 수 있지 않을까. 신나는 음악이 울려 퍼지는 실내에는 스피닝 자전거에 올라탄 사람들이 빼곡하다. 환호성을 받으며 등장한 코치는 수강생들에게 기운을 불어넣는다. 이미 기적은 있으며, 끝나고 거울을 보면 자신이 원하는 모습을 만날 수 있다고 말이다. 르네는 어리둥절했지만, 자신만을 바라보며 주문을 거는 코치의 눈빛에 걸려들고 말았다. 힘차게 페달을 밟는 그 순간만큼은 매사 자신 없던 르네가 아니었다. 점점 살아나는 르네의 눈빛을 보며 나도 스피닝 수업을 다니면 영화 속 르네가 될 것만 같았다.

아이를 낳고 감정이 바닥까지 내려간 이유는 나를 찾는 사람도, 갈 곳도 없다는 현실 때문이었다. 집을 나서면 아이는 연신 울어댔고, 우는 아이를 달래느라 온몸의 힘이 쭉 빠졌다. 아이가 우는 건 당연하다는 생각은 해보지 못했다. 그때 사람들이 나를 쳐다보는 시선을 견딜 수가 없어서 더 집에만 있으려 했고, 그 또한 마음이 편치 않았다. 나가기는 두렵고 집에서는 답답하기만 한 상황의 반복이었다.

끝나지 않을 것 같았던 상황은 새벽 기상을 계기로 멈출 수 있었다. 그 시간에 마음을 챙기게 되었더니 몸도 챙기게 되었다. 틈새 시간에 걷기를 시작했다. 얼마 후에는 새벽 걷기에도 도전했다. 덕분에 다시 밖에 나오는 것이 두려운 일이 아니라는 확신이 생겼다.

그날그날 코스는 다르다. 시간이 촉박할 때는 가볍게 지하철역까지, 걷는 사람들 틈에 있고 싶을 때는 안양천으로 나갔다. 건너편 다른 동네에도 가보고, 차로만 다니던 곳도 차 없이 걷기도 한다. 가보지 않은 길로 가는 건 꽤 긴장된다. 환한 대낮이어도 인적이 드물면 조금 겁난다. 약간 긴장한 상태에서 접어든 길. 걷다 보니 '체육공원 200m'라는 표지판이 보인다. 여기가 체육공원과 연결된 길이라니. 새로운 경로를 발견해서 즐겁다. 앞서가는 두 여사님을 따라 계속 걷는다.

동네를 벗어나 대로변으로 나오고 안양에서 서울 금천구로 가는 1번 국도 옆에는 '철강, 파이프, 금속'이라고 적힌 간판을 건 공장들이 있다. 길 건너 골목으로 들어가면 비슷한 외관의 회사들이 더 있다. 기계 돌리는 소리, 물건 나르는 트럭들로 분주한 이곳을 자주 걷는다. 주로 3층 정도 되는 낮은 건물들이 대부분이라 요즘의 높은 건물들, 산업 단지의 외관들과는 다르다. 오히려 정겹다. 건물 벽면에는 '재정비사업 추진 예정'이라는 현수막이 걸려있다. 본격적인 정비가 시작되면 아쉬울 듯하다. 공장들 옆으로 백반집, 국밥집도 있다. 왠지 맛있을 것 같았지만 혼자 들어갈 용기가 나질 않았다. 어느 주말 점심, 가족 외식 장소로 그때 봐뒀던 순대 국밥집에 갔다. 생각했던 그대로였다. 걸어서 와보지 않았다면 몰랐을 숨겨진 맛집이었다.

길을 나서는 이유는 여러 가지다. 기분이 좋아도, 걱정거리가 있어도, 우선 나간다. 어떤 날은 아무 생각 없이 걷기만 하는 날이 있다. 꿈도 꾸지 않고 숙면한 아침처럼 개운하다. 어떤 날은 도무지 풀릴 것 같지 않은 문제들을 잔뜩 안고 나온다. 답답함이 풀릴까 싶어서. 별 기대 없이 나와서였을까. 걷는 동안 불필요한 것들을 추려낼 수 있었다. 걸으면서 돌이켜보니 그땐 내 속이 좁았구나, 하며 상대방 입장도 헤아려본다. 기지개 한 번 쫙 펴고 훌훌 털어본다. 답답했던 마음을 추스르고 났더니 다시 집에 가고 싶은 마음이 든다. 하기 싫다고 미뤄둔 일들도 차근차근 다시 시작해봐야겠다. 들어가서 또 부딪혀보고, 쌓이면 다시 비우러 나와야겠다.

걸으면서 앞으로 나아가는 것만이 정답이 아니라는 것을 알게 되었다. 걸으면 무조건 힘을 얻고 감정을 바꿀 수 있다고 정해놓은 건 나 자신이었다. 평범한 일상의 소중함을 화려한 것, 빠른 것에 쉽게 휘둘리지 않는 연습을 한다. 조금 늦거나 빠를 뿐이지, 때가 되면 어김없이 자신의 몫을 하는 자연을 마주한다. 각자의 자리에서 성실하게 일하는 사람들도 본다. 길 위에서 만난 모든 것이 살아 움직이는 책이다.

헬스장 전단지는 또 날아올 거고, 내 마음은 언제든 바뀔 수 있겠지만 적어도 지금은 아니다. 운동복, 장비 갖춰서 3개월 등록하면 마음의 짐이 될 것만 같다. 시간 맞춰 꼬박꼬박 갈 자신 없다. 대신 걷기 전, 매일 내 기분에 맞춰 고를 수 있는 코스 선택권들이 있다. 빠르게 걷거나, 뛰기도 하며 심장에 차오르는 숨을 있는 그대로 만끽한다. 간간이 불어오는 바람에 숨을 크게 들이키며 온몸에 신선한 공기를 보낸다.

길에서 느끼는 감정은 늘 새롭다. 풍경에 집중하다 보니 잡념은 줄고 감동과 감탄이 늘어간다. 몸과 마음에 긍정적인 자극을 받는다. 스스로 부지런히 움직이며 얻은 에너지로 일상을 채운다.

걷다 보면 ......
불필요한 것들을 골라낸다.
개운함을 얻을 수 있다.
상대방의 입장도 헤아려 본다.
앞으로 나아가는 것만이 정답이 아니라는 것을 알게 된다.

그리고
차근차근 다시 시작 할 수 있게 된다.

영화 대화의 소재 거리가 된다

올해 초등학교에 입학한 채민이는 3월 한 달 동안 4교시 수업을 마치고 12시 30분이면 돌아왔다. 급식실 조리사 선생님이 코로나 확진일 때에는 점심도 먹지 않고 11시 50분에 하교했다. 그러다 보니 하루 서너 시간 빼고 아이와 단둘이 붙어 있게 되었다. 혼자만의 시간도 확 줄고, 일찍 온 아이와 무엇을 해야 할까 고민하다가 영화를 한 편씩 보여주기로 했다.

주로 디즈니, 지브리 애니메이션에서 골라주니 색감은 물론 스토리도 좋아 아이도 마음에 들어 했다. 아이가 영화 보는 사이 난 내 할 일에 집중하며 각자 시간을 보냈다. 어느 날, 아이에게 물었다.

"채민아. 엄마가 오늘은 책이 읽기 싫어"
"엄마. 그럴 땐 방법이 있어.〈마녀 배달부 키키〉에 화가가 나오거든. 그럴 땐 밖으로 나가서 산책하래. 아니면 그냥 누워서 쉬는 것도 좋다고 했어."

"오. 그렇구나. 우리 이따가 나가서 산책하자"

눈으로만 보고 있었던 게 아니라 영화 속 화가의 말을 기억한 아이가 기특하다.

1987년, 일곱 살 때는 아빠가 빌려오는 비디오 테이프를 기다렸다. TV에서 나오는 것만 보다가 비디오로 보니 더 재밌고 신기했던〈아기공룡 둘리〉를 시작으로 이후에는 〈호소자〉,〈강시 시리즈〉 같은 홍콩 영화도 빌려오셨다. 지난 명절 때는 친정에서 케이블에서 방영하는 강시 시리즈를 오랜만에 봤다. 상당히 무섭던데 어렸을 때 우리는 그 강시를 제대로 보긴 본 걸까? 하며 동생과 의아해하기도 했다.

그 시절, 비디오테이프를 넣고 영화가 시작되기 전에 꼭 봐야하는 〈비디오 경고문〉이 있었다. 여태까지 호환 마마가 한 단어인 줄 알았는데, 호환은 호랑이에게 당하는 화이고, 마마는 천연두였다. 옛날 어린이가 무서워한다던 호환, 마마보다 불법 비디오가 더 위험하다는 내용이다. '한편의 비디오가 사람의 미래를 바꾸어 놓을 수도 있다'로 끝나는 경고문이 이제야 더 와닿는다. 나만의 시간을 확보한답시고 대충 아무거나 틀어주지 말고, 아이들에게 보여줄 영상물은 신중하게 골라야겠다.

초등학교 3학년 때의 일이다. 토요일에 학교 끝나면 동네 비디오 가게에 들렀다. 보고 싶은 비디오테이프를 내 손으로 고르는 기쁨도 컸고 특히 사장님은 아이들에게 꼭 100원씩 주셨다. 그 돈으로 과자를 사서 집으로 왔다.

남편은 영화를 좋아하며 난 무조건 예능이다. 신혼 초에는 그래도 같이 봤는데, 점점 그 시간이 줄었다. 자연스럽게 각자 원하는 쪽으로 갈라졌다. 어느 날, 아이들 재우고 대화도 할 겸 야식을 시켰다. 계속 대화를 이어 갈 만한 소재가 부족했다. 그러다 요즘 무슨 영화가 재밌지? 라는 말이 나왔다. 초반에는 서로 보고 싶은 영화가 달라서 고르는 데도 한참 걸렸다. 고르기만 하고 보지 않은 날도 있었고, 영화 대신 드라마를 몇 분 보다가 말기도 했다. 영화에 다시 관심이 생긴 건 그때부터였다. 예전에 어떤 영화를 좋아했는지 떠올리며 미리 여러 개 생각해두니 함께 보내는 시간이 기다려지기도 했다.

남편은 중국 무협을 좋아한다. 난 그런 거 하나도 모르고 사십 년을 살았다. 틈만 나면 봤던 것도 다시 보는 남편이 신기했다. 어쩌다 같이 봤는데 등장인물이 많은 탓에 그 사람이 그 사람인 것 같고 헷갈리기만 했다. 그 이후에도 몇 번 더 봤지만, 하루아침에 흥미가 생길 리는 없었다.

어느 날 무협 소설 《천룡팔부》 시리즈를 구매했다. 그렇게 재밌고, 유명하다면 책으로라도 읽어보자는 생각에서였다. 아직도 책에 먼지가 쌓여있긴 하지만 이 정도면 나에게는 큰 발전이다. 책장에 꽂혀있는 무협 소설은 그동안 익숙하고 쉬운 것만 찾아다닌 나에게 보다 다양한 장르에 다가가는 돌파구가 되어주리라.

아이들이 어렸을 때는 영화관은 꿈도 못 꿨다. 요즘은 IPTV로 집에서도 신작 개봉 영화를 볼 수 있다지만 그걸로 충족되지 않는 게 있다. 커다란 화면과 팝콘, 개봉 날짜에 맞춰서 보는 짜릿함 같은 것들이 그리웠다. 그렇다고 온 가족이 총출동해서 다 같이 어린이 영화를 볼 수도 없는 노릇이었다.

남편이랑 같이 갈 순 없을 때는 토요일 조조 영화는 내가, 일요일은 남편이 보고 오는 방식으로 각자 다녀왔다. 코로나로 한

동안 영화관을 가지 못했는데 친구들한테 듣고 왔는지 영화관에 가고 싶다고 아이들이 조른다. 두 명만 들여보낼 수 없으니 내키진 않았지만 나도 같이 들어가서 보호자 역할에 충실하기로 했다. 재미없고 시시하지 않을까 했는데, 커다란 화면을 통해 신나고 통쾌한 기분을 느끼게 했다. 화면 속 강아지들의 모험을 아이들과 진심으로 응원하며 잊고 있던 영화관에 오는 의미를 되찾았다.

종일 집에 같이 있어도 얼굴 보고 대화 나누는 시간은 얼마 되지 않는다. 오히려 이동하는 차 안이나 산책하면서 오가는 이야기들이 알찬 경우가 많다. 집에서도 가족끼리 공통 관심사를 찾고 싶다면, 영화 한 편으로도 충분하다. 자연스럽게 다양한 대화로 돈독해진다.

하루 종일 집에 같이 있어도 얼굴 보고
대화 나누는 시간은 얼마 되지 않는다.

때론 가족끼리
공통관심사를
찾고싶다면,

영화 한 편으로도
충분하다

자연스럽게
다양한 대화로
돈독해진다.

음악 이렇게 매력적일 줄이야

블루투스 스피커를 연결한 후, 유튜브의 보관함에 있는 리스트 중에서 선곡한다. 주로 '좋아요'를 누른 음악들만 무한 반복한다. 유튜브에는 들을 만한 것들이 차고 넘치지만, 가슴에 탁 꽂힌 것들 위주로 반복해서 듣는 편이다. 음악이 없는 공간은 적막하다. 도시가스 정기 점검이나 실내 소독 담당자분이 오실 때도 음악을 틀어두면 어색한 공기도 다르게 만들 수 있다. 학부모라면 긴장되는 유치원 상담일, 조심스레 교실 문을 열고 들어가니 잔잔한 음악이 흐른다. 덕분에 편안한 분위기에서 이야기를 나눌 수 있었다. 어디에 있든, 누구를 만나든 음악에 의지하면 한결 마음이 안정된다.

유튜브로 음악을 듣기 시작한 건 우연한 계기였다. 정액 요금제로 이용하던 음원 서비스 앱에 듣고 싶은 노래가 지원되지 않았다. 유튜브에서 찾아보라는 동생의 말이 생각나서 검색했더니 웬만한 건 다 있어서 신기했다.

중학교 때는 매일 라디오와 함께였다. 아침에 학교 가면 친구들과 전날 방송된 라디오 이야기를 하느라 정신없었다. 야간 자율학습 시간에도 각자 자리에서 이어폰을 끼고 라디오와 함께였다. 음악 방송이나 음반을 듣는 것과는 다르게 친근하고 유쾌한 시간이었다. 청취자와 전화 연결을 하는 이벤트가 있는 날은 내가 신청한 것도 아닌데 더 들떠서 방송 시간을 기다리곤 했다.

중학교 2학년 때였다. 〈NOW 1집〉이라는 편집 음반이 엄청난 인기를 끌었다. 테이프 하나를 샀을 뿐인데 여러 인기 가수의 음악이 들어있었다. 그 이후에 비슷한 콘셉트를 가진 음반들이 계속 출시되었다. 예전에는 라디오에서 좋아하는 음악이 나오면 디제이의 목소리가 들어가지 않게, 전주가 끊기지 않게, 기가 막힌 타이밍으로 녹음 버튼을 눌렀다. 자체 제작 테이프가 하나씩 늘어갈 때마다 뿌듯했다. 용돈을 모아 레코드점에 가서 산 음반도, 라디오에서 나오는 노래도, 친구와 주고받은 녹음테이프도 한 곡 한 곡 다 소중했던 시절이었다.

2020년엔 전국이 트로트 열풍이었다. 우리 엄마 역시 경연 프로그램 보는 재미에 푹 빠져 있었는데 왜 그렇게들 열광하는지 궁금했다. 어쩌다 한번 보게 됐는데 아마추어가 아닌 한창 활동 중인 참가자들이 경연에 나왔다는 것이 의아했다. 실력은 출중했지만 유명하지 않아서 자신을 알리기 위해 나온 것이었다. 경연이 시작되기 전에는 항상 참가자들의 사연이 먼저 소개되며. 참가자들은 다들 간절한 이유를 갖고 출연했다. 경연 프로그램이 끝나면 후속으로 시청자와 전화 연결해서 신청곡을 들려주는 프로그램이 방영되었다. 시청자의 사연과 신청곡을 듣고 있자니 이래서 엄마가 아주 좋아하셨구나 싶었다. 노래와 이야기는 전국 남녀노소의 공감을 끌어내기에 충분했다.

바쁜 직장 생활에도 출근 걱정을 미룬 채 새벽까지 라디오를 켜두는 이유는 무엇 때문이었을까. 늦은 밤부터 새벽까지 이어지는 청취자들의 이야기와 음악에 공감했다. 취업, 연애, 회사, 일상 이야기들을 들으며 위로도 받고 스트레스도 풀었다.

첫아이를 임신하고부터 다시 라디오와 보내는 시간이 늘었다. 오전부터 오후까지는 EBS 교육 방송 라디오를 들었다. 어학, 책, 음악을 골고루 들을 수 있어서 유익했다. 출산 후에는 주로 밤부터 새벽까지 라디오를 쭉 틀어뒀다. 밤에 수시로 깨야 했고, 잔다

해도 잠을 설칠 수밖에 없었다. 라디오에서 흘러나오는 음악, 진행자의 낮은 목소리 덕분에 안정을 찾았다. 긴 새벽이 막막하지만은 않았다.

한때는 음악을 멀리했다. 대신 다양한 강연을 들었다. 분명 도움이 되었지만, 어느 순간부터 모든 내용을 따라가야 한다는 조급함이 앞섰다. 힘을 빼고 듣기로 해도 결국 각 잡고 자리에 앉게 되었다. 주방에서도, 아이들 씻기면서도 한쪽 귀에 꽂은 무선 이어폰을 포기할 수 없었다. 과하다 싶어서 책상 앞에 앉는 시간 아니면 이어폰을 사용하지 않기로 했다. 철저한 분리가 필요했다. 바글바글 끓기만 하는 나를 위해 잠시 스위치 꺼두는 시간을 확보할 수 있었다. 그 시간을 채운 건 음악이었다.

의식하지 못한 순간에도 음악은 함께였다. 음악 덕분에 긴장도 풀고 여유도 챙긴다. 일상 곳곳에 음악이 있으면 한결 근사해진다. 비슷하게 반복되는 하루도 특별하게 보인다.

떡볶이 매일 먹어도 좋아

도대체 떡볶이의 매력의 끝은 어디일까. 끝을 알 수 없기에 더 끌리는지도 모르겠다. 요즘 떡볶이 가격만 놓고 보면 나름 고급 메뉴다. 원가를 생각하면 살짝 고개를 갸웃거리게 되는 경우도 종종 있지만, 가게마다 특유의 소스 맛을 내세우기도 하고, 다양한 음식과 떡볶이의 조합도 인기다. 곱창, 통오징어 튀김, 차돌박이, 로제 소스는 물론 치킨집, 핫도그 집에서도 떡볶이와 곁들인 세트 메뉴를 선보이고 있다.

초등학교 시절, 문방구는 주로 떡볶이를 먹기 위해 드나드는 곳이었다. 학교 앞 두 곳의 문방구에서 파는 떡볶이의 스타일은 약간 달랐다. 한 곳은 주황색 플라스틱 국자로 떠서 오목한 그릇에 담아주는 국물 떡볶이였고, 다른 한 곳은 양념이 골고루 밴 길쭉한 밀떡을 집게로 집어 접시에 담고 그 위에 걸쭉한 국물이 자작하게 뿌려 나왔다. 매일 어느 곳에서 먹어도 맛있었다. 100원의 행복을 맘껏 누렸다. 어쩌다 엄마가 200원이라도 주는 날엔

학교 끝나는 시간까지 가슴이 두근거렸다. 200원으로 뭘 사 먹어야 할지 너무 어려운 문제였으니까.

어느 날, 동네에 즉석 떡볶이집이 문을 열었다. 4학년 때로 기억한다. 납작한 냄비에 떡, 양배추, 대파, 어묵, 쫄면 사리가 바글바글 끓여서 나왔다. 네모난 판 위에서 끓고 있던 떡볶이를 비닐 씌운 초록색 접시에만 먹다가 냄비에 담긴 떡볶이를 접하니 신기하기만 했다. 아직도 30년 전의 그 맛이 생각나고 그립다. 100원, 200원으로 떡볶이를 사 먹던 시대가 끝이 나고 500원, 1000원으로 가격이 껑충 뛰기 시작했다.

퇴근길에서 만나는 떡볶이도 빼놓을 수 없다. 지하철역 계단을 걸어 나올 때면 어디선가 익숙한 냄새가 난다. 나도 모르게 발길은 분식을 파는 포장마차로 향한다. 이미 떡볶이, 튀김, 순대를 주문하는 사람들로 가득하다. 동생이랑 퇴근 시간이 맞으면 같이 한 접시씩 먹고 들어왔고, 혼자일 땐 포장해서 가져왔다. 명절이나 여행길에 들리는 휴게소에서도 떡볶이를 빼놓으면 섭섭하다. 쫄깃쫄깃한 식감을 느끼면서 차 안에서의 지루함도 날릴 수 있다. 특별히 맛이 뛰어나지 않더라도 떡볶이는 웬만하면 다 평균

이상이다.

주방에서의 시간을 아끼기 위해 양배추, 양파, 오뎅, 당근은 미리 썰어서 준비해둔다. 떡볶이를 항상 사 먹을 수도 없으니 집에서도 종종 만들어 먹는다. 밀떡 한 봉지만 사 와서 냉장고에 있는 재료로 후다닥 끓여 먹는다. 밀떡과 양배추 위주로 먹는 나와는 달리, 남편은 라면 사리나 어묵을 선호한다. 이것저것 넣고 적당히 매콤하고 달짝지근하게 끓여서 각자 취향껏 먹는다. 그리고 요즘은 시판 소스도 애용하고 있다. 간편한 건 말할 것도 없고 밖에서 사 먹는 맛이 나서 떡볶이를 즐기는 또 다른 즐거움이다.

아침부터 떡볶이를 만들기도 하고, 3일 연속 점심 메뉴가 떡볶이 인적도 있다. 기분이 좋아도 입맛이 없어도 생각나는 건 떡볶이다. 오랫동안 떡볶이 먹는 재미를 누리고 싶다. 과하지 않게 나만의 방식을 지키면서 말이다. 순한 맛으로 적당량만!

양배추, 양파, 오뎅, 당근, 만두, 소세지...
이것저것 섞어 먹어도 좋다.

더 좋은 건 나만의 방식으로 과하지 않게
먹을 수 있기에 더 좋다는 말이다.

스포츠 직관해야 제 맛이지

맑은 날씨 때문일까. 경기장이 가까이 보인다. 오늘 응원팀의 승리 기운이 느껴진다. 드디어 입장이다. 점점 가깝게 들리는 함성에 들떠서 문을 여니 코트가 한눈에 들어온다. 응원 소리, 공을 두드리는 소리, 발 움직임까지. 현장감이 주는 힘은 크다. 텔레비전에서처럼 해설이나 중계가 없어도 상관없다. 커다란 전광판에 점수가 바로바로 나온다. 심판의 수신호에 집중한다. 장내 아나운서가 진행하는 이벤트도 재미있다. 코로나로, 아이가 어리다는 이유로 몇 년간 현장 관람은 강제 휴식 중이었다. 당장이라도 그 현장 속으로 달려가고 싶다.

중학교 때는 농구, 배구가 엄청 인기였다. 90년대에 학창 시절을 보냈다면 마음속에 스포츠 스타 한두 명씩은 있을 거다. 경기가 끝나면 구단 버스 앞에서 선수들을 기다렸다. 매달 잡지를 사면 주는 인기 선수들의 화보로 좁은 방을 도배했다. 얼굴이 대문짝만하게 나온 사진을 붙여놓은 기억에 손발이 오그라든다. 친구들과 주말에 경기장에 쫓아다녔고, 해외에서 열리는 월드리그 시리즈를 보기 위해 새벽에 일어나기도 했다. 그때 부모님은 잔소리 없이 지켜보며 무슨 생각을 하셨을까. 나도 우리 아이들에게 아무말 하지 않을 수 있을까. 자신 없다.

성인이 된 후에는 예전처럼 농구나 배구에 열광하진 않았다. 스포츠 경기에 별 관심 없이 지냈다. 직장에서는 주로 야구 이야기를 많이 들었다. 자주 듣다 보니 관심이 생겼다. 회식하러 간 호프집의 커다란 스크린에는 프로 야구 경기가 틀어져 있었다. 그곳에서 회사 사람들과 업무 이야기가 아닌 경기에 집중하니 재미있었다. 그날 이후, 응원팀 경기가 있는 날에 열린 회사 번개 모임에 참석하기도 했다.

야구 경기를 보는 이유는 예측 불가한 경기 결과를 보는 긴장감과 투수가 어떤 공을 던질지 예측해보는 쫄깃한 재미 때문이 아닐까. 타자는 비장한 각오를 하고 타석에 오르지만 안타깝게도 방망이를 한 번도 휘두르지 못할 때도 있다. 휘두를 때마다 공을 비껴가기도 한다. 괜찮다. 딱 한 번이면 되니까. 그 한 번이 장타가 될지, 홈런일지 아무도 알 수 없다.

　　화면에 선수 얼굴이 클로즈업된다. 해설자와 진행자가 읊어주는 선수의 활약상을 듣고 있으면, 당연히 큰 거 하나 나올 거라는 기대감이 든다. 생각만큼 풀리지 않으면 같이 안타까워하고, 잘되면 환호한다. 확률, 통계는 잘 모른다. 야구를 보면 기록이나 통계가 선수를 대변한다. 흥미롭다. 이전 기록이 좋지 않은 선수일지라도 당일 컨디션, 운, 그리고 그동안의 훈련량에 따라 오늘 경기를 얼마든지 뒤집을 수 있다. 끝까지 경기에서 눈을 뗄 수 없는 이유다.

　　영화 〈머니볼〉은 야구에서 확률, 통계를 어떻게 적용하는지 보여준다. 빌리의 구단은 좋은 성적을 내지 못했고, 기량이 뛰어난 선수마저도 다른 구단에 뺏긴다. 단장 빌리는 구단주에게 돈을 더 지원해주면 충분히 빈 자리를 메울 수 있다고 했다. 하지만 구단주의 생각은 달랐다. 굳이 부자 구단과 경쟁하지 말고 예산 내에서 선수를 영입하라는 지시를 내릴 뿐이다.

　　훌륭한 선수들은 이미 타 구단의 스카우트 제의를 받아들였다. 이적한 선수만큼의 기량을 채우기 위해 필요한 건 돈이었다. 선수 영입을 위한 회의가 열린다. 각자 자신들의 기준으로 선수를 평가하지만 공통된 의견은 모든 게 완벽한 선수는 없다는 거다. 하나가 뛰어나면 하나씩 걸리는 부분이 꼭 있었다.

빌리는 예일대 경제학과 출신의 피터와 일을 하게 된다. 주어진 예산으로 선수가 아닌 승리를 사야 한다는 대사가 나온다. 그래서 그들은 득점할 선수를 찾기로 했다. 몇 경기를 이겨야 포스트시즌에 갈 수 있는지 분석했고, 이기기 위해 필요한 타점과 실점을 정확하게 따졌다. 숫자로 선수들의 가치 평가를 하겠다는 의도였다. 그동안 나이, 외모, 성격 등의 기준에 못 미쳐 평가 절하된 선수들로 팀을 꾸려서 결국엔 좋은 성적을 낸다. 단장 빌리가 말했다. 남는 건 기록이 아닌 승자라고 말이다.

예전에는 올림픽 금메달은 당연한 것이었다. 이제는 오늘의 경기 결과가 인생 전체를 결정하는 것이 아니라는 마음으로 응원한다. 이 순간을 위해 얼마나 갈고닦으며 견뎠을지, 엄청난 압박감을 이겨낸 것만으로도 충분히 금메달이다. 비인기 종목에서도 포기하지 않고 출전하는 그들의 강인함은 감동적이다. 위대하고 멋지다.

요즘은 자극적이고 짧은 영상에 열광한다. 빠른 결과만을 찾는다. 그런 이유로 두세 시간씩 이어지는 경기 관람은 불필요하다고 생각할 수 있다. 나중에 하이라이트만 봐도 되고 말이다. 하지만 직접 보면 확실히 다르다. 비난보다는 응원을 보내게 된다. 성공보다 도전과 실패를 더 많이 본다. 어렵고 지루한 과정을 견뎌야 끝이 나고 결과가 남는다. 경기장 안에서 인생을 만나고 배운다.

스포츠는 현장감이 제일이다.
그 순간 모든 것을 다 잊어버리고 집중~~~~

마흔이 되면 오늘의 경기 결과가
인생 전체를 결정하는 것이 아니라는 것을 알게 된다.

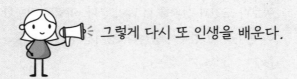 그렇게 다시 또 인생을 배운다.

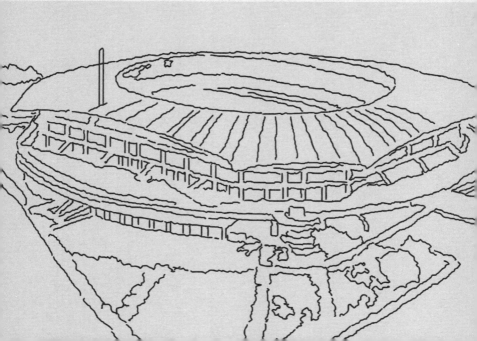

지하철 지하철 8호선이 들어왔다

내일은 어린이날이라 어딜 가든 붐빌 거다. 무슨 무슨 날마다, 그것도 애들 데리고 밖에 나갈 힘이 이제는 없다. 그런 날을 꼬박 챙길 때마다 좋았던 기억이 별로 없던 탓이기도 하다. 학교와 유치원에서 내일이 어린이날이라는 걸 듣고 온 이상, 아이들은 그냥 넘어가지는 않을 거다. 아이의 하원 시간을 한 시간 앞당겨서 지하철로 서점에 다녀오자고 했다. 엄마와의 데이트를 언제나 환영해주는 두 녀석 덕분에 잘한 결정이다 싶다가도 퇴근 시간에 돌아올 일이 조금 걸린다.

내가 초등학교 때 소풍 장소는 걸어서 갈 수 있는 남한산성이었다. 저학년 아이들은 산 입구 근처에서 일정을 보냈고, 학년이 올라갈수록 조금씩 높이 올라가는 코스였다. 6년 내내 같은 장소였어도 소풍은 언제나 즐겁기만 했다. 중학생이 되어서는 버스를 타고 가서 놀이공원 집합장소에 모여야 했다. 친구들과 먼 거리까지 이동하는 것이 신기하기만 했다.

학창시절에는 간혹 친구들과 종로에서 크리스마스를 보냈다. 잠실 종합운동장에 가서 배구, 농구 경기를 봤다. 광화문 세종문화회관에서 열린 신승훈 콘서트도 갔다. 매일 밤 듣던 라디오 〈별이 빛나는 밤에〉에서는 매년 유명 가수들이 밴드를 구성해서 연주하는 잼 콘서트가 열렸다. 입장권이 당첨되어서 친구들과 올림픽공원에서 열린 별밤 잼 콘서트도 보고 왔다.

중학교 3학년 때는 드디어 우리 동네에도 지하철 8호선이 개통되었다. 서울을 나가기가 한결 편리해졌다. 방학 숙제를 목적으로 박물관도 가고 음악회도 보러 갔다. 지하철은 버스보다 훨씬 빠르게 목적지까지 도착했고, 환승하는 재미도 있었다. 고등학생이 되고 나서는 또 다른 재미가 생겼다. 지하철역과 연결된 지하상가에서 떡볶이도 먹고, 옷과 문구류를 구경하며 시간을 보낸 기억이 새롭다.

지하철을 타면 어디든 갈 수 있다는 자유로움을 느꼈다. 혼자 있는 시간도 외롭지 않았고. 새로운 곳에 잠시 여행 다녀오는 기분을 만끽했다. 사내커플이었던 우리 부부는 회사 근처로 신혼집을 알아보고 있었다. 지하철역과 가까웠으면 좋겠다고 생각했다.

마음만 먹으면 언제든지 익숙한 곳으로 가기 쉽다는 이유에서였
다.

아이들과 쇼핑몰에서 책도 사고, 저녁도 먹었다. 볼링 게임도
하고 두더지 게임까지 하니 시간이 꽤 지났다. 지하철역으로 내
려오니, 퇴근 시간이라 줄이 어마어마, 다시 올라가서 버스를 탄
다 해도 마찬가지일 거다. 드디어 청량리행 열차가 들어온다는
안내가 나온다. 아이들 손을 잡고 사람들 틈 속을 비집고 들어갔
다. 엄청 복잡했지만 우린 5분 후면 내린다고 아이들을 달랬다.
그런데 정차역에 가까워지는데도 지하철의 속도가 줄지 않았다.
불길한 마음에 주위를 둘러봤다. 전광판에 표시된 다음 내릴 역
은 가산디지털단지였다. 우리가 급히 올라탄 건 급행열차였다.
결국 세 곳을 지나고 나서야 내릴 수 있었다. 아무것도 모르고 해
맑은 아이들 앞에서 당황스럽고 초조한 건 나뿐이다. 우선 아이
들을 승강장 의자에 앉혔다. 잠시 숨을 돌리고 마음을 다스렸다.
건너서 타면 되는 거야. 별일 아니야. 괜찮아.

반대쪽은 사람이 더 많다. 다리 아프다는 아이들에게 바닥에
잠깐 앉으라고 했다. 들어오는 열차는 포기하고 다음 열차를 기

다리기로 했다. 사람들 좀 빠지면 타려고 말이다. 다행히 바로 전 역에서 출발한다는 안내를 들으니 마음이 놓인다. 두 아이를 꼭 붙잡고 탔다. 앞을 꽉 막은 사람들 틈 사이로 목소리가 들린다.

"아기들이네. 이리와. 여기 자리 있어요."
"거기 자리 있나요? 감사합니다"

정신없이 타느라 노약자 칸에 탄 줄도 몰랐다. 자리 있다고 알려주신 할머님 덕분에 두 아이는 앉을 수 있었다. 다리 아프다던 녀석들의 얼굴이 금세 환해졌다. 나도 잠시 숨을 돌리며 예전 기억을 떠올렸다. 지하철 세 정거장을 지나는 7분여 동안 나는 앞에 계신 할머니를 살짝 오해했음을 고백한다. 예전에 아이를 데리고 지하철을 타면 항상 이런저런 질문을 하시던 어른들이 떠올라서였다. 아이가 울면 기다렸다는 듯이 말을 걸어오시는 분들이 불편했던 기억에 그 이후엔 아이가 울면 지하철에서 바로 내린 적도 있다. 타기 전에 울기라도 하면 그땐 하염없이 다음 차를 기다리는 것 말고 할 수 있는 게 없었다. 지금 앞에 계신 할머니도 그러실 것만 같았다. 그래서 아이들이 앉고 나서 슬그머니 고개를 창밖으로 돌렸다. 감사하게도 할머니는 나에게 아무것도 묻지 않으셨다. 내릴 때, 할머니께 '조심해서 가세요'라고 인사드렸다.

지하철역을 나오니 긴장이 풀린다. 두 아이는 아는 길을 만나 신이 났는지 엄마를 앞질러 간다. 오늘도 우리만의 추억 하나를 만들었다. 뿌듯하다. 한창 공사 중인 월판선이 들어오면 우린 또 어떤 새로운 경로로 다닐 수 있을까.

Case 05

나 다워 지는 법

나답게 사는 법

이 원고를 마무리하면 두 번째 책이 될 수 있을까. 시간이 얼마나 걸릴지는 중요하지 않다. 조급함을 내세워서 잘 풀렸던 적 없었기에 그저 확신 갖고 매일 쓰고 있다. 한두 번 써 본 어설픈 경험으로 잘 안다는 착각에 빠지기 싫다. 작년에 첫 책을 출간하고 나서 두 번째에는 반드시 더 나아지기로 다짐했다. 부끄럽지만 그때의 다짐은 이런 것이다. 출판사에서 좋은 대우를 받고, 화려하고 감각적인 표지, 사람들 기억에 콱 박히는 홍보가 있었으면 했다. 다음 책을 구상한다거나 초고를 쓰는 일은 뒷전이었다. 그래도 다행인 건 어디까지나 그때의 생각이었고, 누구에게 이런 말을 한 적은 없다는 사실이다.

한 가지 분명한 건 이젠 글을 쓰는 시간이 행복하다고 말할 수 있게 되었다. 서점에서 만나는 책들이 다 특별해 보인다. 표지 디자인이나 출판사의 지명도처럼 눈에 보이는 것에 눈길이 가는 건 잠시, 그 뒤에 숨겨진 작가의 노력을 더 오래 떠올리게 되었다.

본질을 잊은 채 겉으로 좋아 보이는 것들에 흔들리지 않기로 했다. 다가오지 않은 먼 미래만을 그리면서 현재를 놓치는 어리석음을 줄여야 했다. 매일에 충실하면서 점점 나아지는 나를 기대하면 되는 일이었다.

책을 쓰는 것은 주기적으로 꼭 필요한 작업이다. 여기저기 마구 써놓은 기록을 정성스레 한곳으로 모으는 과정이다. 책을 읽는 순간에는 다양한 감정과 생각을 떠올리지만 잠시 멈춰 생각하거나, 기록하지 않고 넘긴 말들은 사라져버린다. 백지 위에 어떻게 풀어낼지 고민이 필요하다. 어떻게 시작하지? 이것도 괜찮을까? 한참을 망설이다가 우선 쓰기로 한다. 떠오르는 이야기를 다 끄집어내고 마주하면 시원하고 후련하다.

지난 직장 생활에 미련은 없지만, 한 가지 후회되는 건 있다. 담당 업무는 압박이 심했고 마감 기한이 중요했고, 상사에게 자주 혼났다. 업무 평가가 좋지 않은 건 당연했다. 어느 날 팀장님이 다른 팀에서 일해보면 어떠냐는 제안을 했다. 업무만 놓고 보면 나쁘지 않았다. 다만 팀장에 대한 좋지 않은 감정 때문인지 그런 제안도 곱게 들리지 않았다. 그 부서에는 또래 직원도 여럿 있었고, 기존 업무와 연결 고리도 있기에 뜬금없지 않았다. 그러나 부딪혀보기도 전에 거기서도 달라질 건 없을 것 같다는 생각이 결국 나를 퇴사로 이끌었다.

시간이 한참 지나서 지난 일을 후회해도 소용없다. 하지만 그 때의 경험 덕분에 같은 실수는 피할 수 있다. 다른 사람의 말과 삶에서 멀어질수록 나 자신과 가까워졌다. 한계도 가능성도 열쇠는 내가 쥐고 있으며 스스로 질문을 던지고 답을 찾는다. 실행과 실패를 거듭 반복하지만 괜찮다. 나답게 사는 방식을 만들어가는 중이니까.

오늘 하루
좋아보이는 겉모습에 흔들리지 않기
후회해도 소용 없음을 빨리 깨달을 것.
반복되는 실행과 실패에 괜찮다고 다짐하기

나답게 사는 방법을 익히는 중

좋아했던 일 떠올리기

"선생님, 우리 집엔 책이 진짜 많아요"

다민이는 요즘 유치원에서 동물 프로젝트를 하는 기간이라 동물 병원 견학도 다녀오고 즐거운 일이 많다. 어젠 집에서 고양이 그림을 그리고, 어떤 행동을 하는지 삐뚤빼뚤 글자를 썼다. 친구들 앞에서 발표한다고 연습도 했다. 등원 길에 프로젝트 관련 책 여섯 권을 챙겼다. 책을 받으시곤 친구들도 좋아하겠다는 선생님 말씀에 아이는 신이 나서 교실로 들어갔다.

나는 아홉 살까지 공장이 딸린 집에서 살았다. 오래된 다가구 주택 제일 안쪽, 미닫이문을 열고 들어가면 바로 부엌이 있었다. 왼쪽엔 장롱, 책장, 냉장고가 있는 방이다. 엄마는 건넛방에서 일하고 아빠는 공장에서 기계를 돌렸다. 동생이랑 그 방에서 놀다가 냉장고에서 사과를 꺼내고 책장에서 책을 골라서 읽었다. 사과를 먹으려고 책을 읽었는지, 책이 좋았던 건지는 잘 기억나지 않지만, 지금도 사과와 책의 조합을 좋아한다. 좁은 방에 있던 갈색 3단 책장이 아직도 기억난다. 엄마는 내가 돌도 되기 전에 비싼 돈을 주고 전집을 들였다고 했다. 국민서관이라는 출판사 이름을 강조했다. 그땐 단칸방에서 지냈을 때라 돌잔치도 주인집 거실을 빌려서 치렀다고 했다.

요즘은 대형서점을 비롯해 중고서점이나 공공 도서관도 잘 되어있으니 조금만 부지런히 움직이면 아이들에게 책을 맘껏 보여줄 수 있다. 편의점만큼 도서관도 가까이, 편하게 다닐 수 있길 바란다. 동네 작은 도서관 덕분에 시립 도서관까지 가지 않고도 상호 대차를 이용할 수 있다. 작은 도서관은 놀이터 바로 옆이다. 상호대차 신청한 책이 도착하는 날은 놀이터에서의 시간이 전혀 지루하지 않다. 요즘은 근처 지하철역에 있는 스마트 도서관도 자주 이용한다. 무인 도서관 시스템이다. 화면으로 터치하면 책이 자판기처럼 나온다. 일반 도서관에서는 예약 대기가 필요한 신간도 운 좋으면 바로 대출 가능하다.

책에 나오는 모든 내용이 중요하다. 밑줄 긋느라 손이 바쁘고 다시 볼 것처럼 책 귀퉁이를 접어댄다. 기억하고 싶은 부분을 기계처럼 베껴 쓰고. 그러나 내 의견은 없고 그게 끝이었다. 느낀 점이나 실천할 부분에 대해 생각해보지 않았다. 이젠 자기 계발서, 소설, 에세이, 그림책을 읽으며 독서 노트에 질문과 답을 적는다. 책에 따라 천천히 아껴가며 읽거나 가볍게 넘겨 보기도 한다.

아침 햇빛을 받으며 걸으니 굳어있던 어깨랑 등이 따뜻해지고, 피곤함이 가신다. 몸을 움직여 그때그때 풀고 기분을 바꿔줄 필요가 있다. 느슨해진 몸과 마음을 수시로 점검하며 팽팽하게 당긴다. 그러니 더 부지런히 밖으로 나가야겠다. 지금 기분은 오늘 밤까지 영향을 준다. 햇빛을 충분히 받았으니 꿀잠 보장이다. 좋아하는 것이 없다는 생각으로 주저앉기보다 한 걸음만 더 적극적으로 내디뎌보면 생각이 바뀐다.

지금이 최고의 순간이다. 지나간 시간은 다시 오지 않는다는 단순하고 당연한 사실을 자주 놓친다. 오늘 아침에도 핸드폰 알람 소리를 듣고도 버튼을 몇 번을 눌렀는지 모른다. 망설이고 미루는 시간은 후회와 자책으로 이어진다. 하루의 시작을 위한 나만의 루틴이 있으면 수월하다. 틈틈이 나를 위한 시간을 끼워 넣는 마음으로 말이다.

좋아하는 것을 떠올리는 그 순간이
아마 최고의 순간이 아닐까.

내 일상을 사랑하기

인터넷에서 월요병을 없애려면 일요일에 잠깐 출근하면 된다는 글을 봤다. 대단한 방법이 있을 줄 기대했는데 순간 무슨 이런 말이 다 있나 싶어 코웃음을 짓다가 다시 생각해보니 일리 있다. 연휴에도 짬을 내서 글을 쓰기로 했지만 다짐은 그때뿐, 후회를 멈추고 당장 뭐라도 해야지 싶어 노트북을 열었다. 오늘 쓸 내용을 구상해 본다. 다이어리에 초고 완성 날짜도 표시한다. 지금까지 여러 번 날짜를 수정하고 있어서 조금 멋쩍긴 하지만, 그래도 다시 마감일 설정하고 달리기로 했다. 매일 비슷한 속도로 나아가기 위해서는 하기 싫은 마음 앞에서 냉정해지는 것이 중요하다. 그렇게 마음을 정비하고 나면 다시 시작할 수 있고, 반복하다 보면 속도가 확 붙는 경험도 할 수 있다.

얼마 전부터 오른쪽 눈에 뭐가 들어갔는지 이물감 때문에 불편했다. 일회용 인공 눈물을 넣어도 그때뿐이었다. 괜찮아질 것 같아서 며칠을 버티다가 결국 안과에 갔다. 의사 선생님이 마취약을 넣고 눈을 뒤집어보겠다고 했다. 겁난다. 안약 한 방울을 떨어뜨리고 바로 선생님이 눈꺼풀을 마구 밀어 올리는 느낌이 들었다. 마취약 효과 때문인지 통증 없이 결석을 제거했다. 재발할 수도 있다는 주의 사항을 듣고 일회용 인공 눈물을 받아왔다.

그날부터 조금만 눈이 뻑뻑하면 인공 눈물을 넣었다. 인터넷으로 눈 결석에 대해 찾아봤다. 눈꺼풀도 깨끗하게 관리하면 좋다기에 눈꺼풀 세정제 패드도 샀다. 눈에는 온찜질이 좋다고 해서 온열 안대도 샀다. 라벤더 향이 들어있고, 충전기를 연결해서 사용할 수 있다. 눈 마사지기도 있다던데. 어떤 기능인지, 효과는 괜찮을지 궁금하다. 다시는 그런 불편함은 겪고 싶지 않기에 평소에 부지런히 관리해 보려고 한다.

좋은 일, 나쁜 일은 정해진 순서나 예고 없이 찾아온다. 항상 내 일상을 정돈하고 관심 가져야 할 이유다. 나에게 충실하다 보면 예상 가능한 일도 있고, 준비하고 대처할 수 있는 상황도 보인다. 조금만 관심을 기울이면 일정 패턴을 발견할 수 있다. 나에게 일어나는 일이 주는 의미를 깨닫는다. 성공은 성공대로, 실패는 실패대로 모두 내가 어떤 일을 해냈다는 결과일 뿐이지 나 자체로 볼 필요까진 없었다. 내가 바라는 성공이나 목표 달성이 먼일은 아닐 거라는 생각도 든다. 대단한 모습으로 나타날 거라는 기대보다는 매일 묵묵히 나와의 약속을 지킨다. 다른 사람의 성공을 진심으로 축하한다. 그리고 흔들림 없이 다시 나의 길을 간다.

글을 쓰다가 창밖을 보니 경비실 앞에는 주민들이 내놓은 가구, 매트리스, 소파가 쌓여있다. 오늘이 구청에서 수거해가는 날이라 평소보다 양이 많다. 주로 오전에 오시던데, 아직인가 보다. 내일은 재활용 쓰레기를 배출하는 날이다. 일주일 참 빠르다. 정해진 시간, 요일에 맞춰 돌아가는 시스템 덕분에 일상을 편하게 지낼 수 있다.

저녁 시간, '나도 누가 해준 것 좀 먹고 싶다.', '대충 때울 거 없을까.' 하는 하기 싫은 마음을 이겨보려 몸을 움직인다. 우선 자투리 채소를 다 꺼내 큼직큼직하게 썬다. 양파는 두 개 더 꺼내서 채를 썰어서 통에 담아두고 소시지는 끓는 물을 한번 부어서 불순물을 제거한다. 프라이팬 가득 채소와 소시지를 넣고 볶는다. 파프리카, 청경채, 당근의 색깔 조합이 맛깔스럽게 보인다. 참기름 한 번 둘러주고 마무리한다. 깨도 넉넉히 뿌렸다. 막상 해보면 짧은 시간에도 뚝딱 만들 수 있는 반찬들이 있다. 거창한 상차림만 고집하지 않아도 있는 재료로도 한두 가지 반찬쯤은 거뜬하다. 이렇게 쉽게 가는 날도 있어야 주방에 서는 즐거움도 따라오리라 믿는다.

아이들 등교 시간에도 괜히 힘쓰고 싶지 않다. 가방 먼저 현관에 내놓고. 아이들 겉옷 입는 동안 엘리베이터를 미리 누른다. 가끔 내려오는 엘리베이터를 그냥 보내기도 하지만. 괜찮다. 바쁜 시간, 서둘러서 나쁠 건 없다. 한발 앞선 행동으로 잔소리를 줄일 수 있다.

무리하지 않는다. 상황에 맞게 움직인다. 반복되는 일상이라도 어떤 마음으로 바라보느냐에 따라 달라진다. 나쁜 일도, 신나는 상황도 길게 가지 않는다. 수시로 감정 변화가 일어난다. 평소 기분 관리가 중요한 이유다.

무슨 일이든 일어날 수 있으며 해결 방법도 없을 때가 있다. 다양한 상황을 받아들이고 때로는 다르게 보는 연습도 필요하다. 일상을 사랑한다는 것은 불편하고 어려운 문제를 피하지 않는 일이며 내가 가진 문제에 좌절하지 않고 나와 연결된 부분을 찾아보는 적극적인 태도로 살아가는 모습이다.

가벼운 발걸음 홀가분한 마음

다 밉다. 싫다. 입으로는 '이유 없이 또 시작'이라지만 속에는 풀리지 않는 뭔가 때문이다. 내 기준에서 벗어난 행동을 보고 그냥 넘기지 못하는 습관을 고치고 싶다. 예전보다 나아졌다고 해도 아직 노력이 필요하다. SNS에는 살림도, 자기계발도, 강의도 전부 잘하는 사람들로 넘친다. 저 사람은 언제 저걸 다 해내는 걸까? 그저 놀랍고 궁금하고 부럽기도 하다. 놀이터에서 만난 엄마들에게도 그런 감정을 갖는다. 그들의 얼굴에는 생기가 돌고 표정도 밝다. 나만 푸석푸석하고 어두워 보인다. 뭐가 이렇게 마음에 들지 않는 건지 얼른 이 기분에서 벗어나야겠다.

어떤 기준으로 다른 사람을 평가하는 걸까. 가슴에 손을 얹고 나 자신에게 물어본다. 사실 SNS 속 사람들처럼 못할 것도 없다. 꼭 찬 일정에 맞춰 바쁘게 움직인 날, 오히려 활력을 얻는다. 긴장감과 압박감으로 시간을 알차게 쓸 때도 많지만. 반대로 아무것도 하지 않을 때의 불안함을 견디기 어렵다. 걱정이 만든 가짜 감정과 상상으로 무기력한 시간을 보내니 SNS 속 그들보다 한가해 보이는 내 모습에 괜히 꼬투리 잡는 격이다.

살짝 겁도 난다. 무작정 다른 사람을 평가하고 지적하는 건 나의 운을 달아나게 할 것 같았다. 조금만 주의하면 매 순간 챙길 수 있는 것들은 많다. 말 한마디 조심하고, 어떤 생각을 해야 하는지 신경 써야겠다.

채민이는 DVD 틀어주고 다민이와 마트에 가기로 했다. 바구니에 물건을 담고 계산대 앞에서 기다리는데 누가 뒤에서 툭 친다. 아이 친구 엄마다. 마트 안으로 들어간 그 엄마를 보며 같이 가야지 하며 생각해두었지만, 앞사람 계산하는데 시간이 좀 걸린다. 마음이 급해진다. 채민이는 혼자 있고, 얼른 다민이를 데리고 가야겠단 생각뿐. 계산을 마치고 급히 나와 빨리 걸어가다가 그제야 다민이 친구 엄마가 생각났다. 알아서 이해해 줄 거라는 혼자만의 생각으로 말도 없이 나와버렸다. 사소한 행동, 말, 표정 하나에도 누군가에게 오해를 살 수 있다. 여유 좀 갖고 살아야겠다.

가끔 맘 카페나 단톡방에 올라오는 격한 감정 표출에 놀랄 때가 있다. 부당한 일을 털어놓는 건 이해한다. 공감해주는 것도 나

쓰지 않다. 하지만 이야기가 길어지면 어느새 모르는 사람까지 도마 위에 오른다. 화면에 거침없이 올라오는 말들을 보며 막상 얼굴 보고도 저렇게 말할 수 있을까 싶다. 부정적인 말들이 나에게도 옳은 듯, 괜찮다고 별문제 아니라고 생각한 일들이 갑자기 달리 보인다. 어느새 나에게도 오늘의 단톡방 주제가 큰 문제가 되어버렸다. 답도 없고 예의도 없는 단톡방을 그만 봐야겠다.

예전엔 누군가가 나를 딱한 눈빛으로 보는 게 싫었다. 자신 없고 주눅 든 모습을 들킨 것 같아서 화가 났다. '맞아요. 너무 힘들어요.'라는 한 마디면 달라질 수도 있었지만, 도저히 입이 떨어지지 않았다. 그 당시엔 누군가가 해준 따뜻한 말을 '넌 여기서 당분간 벗어날 수 없다'라고 꼬아서 들었던 것 아닐까. 그땐 마음의 여유도 없었고 어쩌다 틈이 생겨도 금세 부정적인 생각들로 채워졌다.

이젠 억지로 밀어내려 하지 않는다. 우선 받아들인 후에 괜찮아질 수 있는 쪽으로 얼른 도망간다. 내 생각이 전부 옳다고 믿는 건 출구 없는 미로에 제 발로 들어가는 것과 같다. 가끔 착각할 수도 있고, 잠깐 딴 생각하다가 빠질 수도 있지만, 중요한 건 재

빠르게 탈출 가능한 요령이 있으면 수월하다.

중학교 체육 시간, 피구가 가장 두려웠다. 매번 일찍 아웃당하니 창피했고, 단체 게임에 도움이 되지 않는 것 같아 미안했다. 미리 친구들 뒤에 숨어있거나 끝에 서 있었다. 그래도 날아올 공은 날아온다.

어느 날은 숨지 않고 앞에 서 있었다. 오히려 상대편은 바로 앞에 있는 나보다 멀리 있거나 구석에 있는 친구들을 향해 공을 던졌다. 그래서 그날은 꽤 오래 버텼다. 어차피 난 오늘도 금방 아웃일 거라는 생각으로 두려움을 덜어낼 수 있었던 것 같다. 그날 이후로 피구에 대한 두려움이 줄었다. 잘하지는 못해도 재미는 있었다. 두려움이 사라지고 마음에 여유가 생기니 몸도 더 적극적으로 움직이게 되었다.

해보지 않은 일을 준비할 때나, 나와 잘 맞지 않는 사람들을 만나기 전에는 마음을 단련해야 한다. 나에게만 맞추기도, 그렇다고 한발 양보만 할 수도 없다. 적당한 무엇을 찾아 균형을 맞추기란 늘 어렵다. 그럴 땐 기대와 두려움을 낮춰보면 어떨까. 덜어낼수록 가볍고 홀가분하다.

가려우면 긁고 목마르면 마시고

잠시 멀어졌다가 돌아오는 것은 일상을 더 잘 살아낼 수 있는 자극이 된다. 주말에 산에 오르는 것도 마찬가지다. 사방이 나무와 흙, 돌 뿐인 곳에서 네 식구가 한 방향으로 오르다 보면 집에 있을 때보다 더 많은 이야기를 나눌 수 있다. 두 아이는 길고 굵은 나뭇가지를 구해와서 땅을 짚으며 앞서간다. 스스로 방식을 찾아가는 모습이 대견하다. 평소보다 잔소리도 줄이고 그저 묵묵히 아이 뒤를 따라갈 뿐이다.

아직은 내 품 안이 가장 안전하다고 생각하기에 튼튼한 누울 자리가 되어주고 싶다. 가슴에 사랑을 가득 채우고 세상에 나갈 수 있게 말이다. 자기 주도적인 삶을 살길 바란다. 나는 그런 면이 부족했었다. 그렇다고 해서 나를 대신해 대단한 뭔가를 이루어 주기를 바라는 건 아니다. 같이 해보며 배우고 싶다. 마음과는 다르게 아이에게 가시 같은 말을 쏟아붓고 나서 도저히 얼굴을 들 수가 없던 날에는 앞으로 엄마가 또 이런 실수를 하면 따끔하게 이야기해달라고 했다. 정신 차리려면 그 방법밖에 없다고 생각했으니까. 그래도 여전히 실수한다. 잘못됐음을 알면서 멈추지 못하는 나를 자주 본다. 내 행동을 돌아보지 않고, 아이만은 잘해내길 바라는 건 너무 큰 욕심이기에 가능하면 그때그때 바로 아이와 잘못에 대해 이야기를 나누려고 한다.

외출하고 돌아와서 우선 손에 잡히는 책을 들고 앉아 아무 페이지나 펼친다. 할 일을 미뤄두고 책만 읽는 이기적인 행동이 아니다. 중간중간 내가 좋아하는 것들을 꼬박꼬박 챙기는 일이다. 잠시 쉬겠다는 이유로 스마트폰을 손에 쥘 수도 있지만, 그렇게 시간을 보내면 뭔가 허전하다. 어디 구멍이라도 난 것처럼 남는 게 없다. 결국엔 다시 책이었다. 읽고 나면 뭔가 하나라도 남는다. 한 가지 생각이 머리에 콕 박힌다. 집안일을 하는 동안 그 생각이 쭉 이어진다. 한 손으로 국자를 들고 또 한 손은 책을 들고 있을 때도 있다. 유난 떠는 거 아니다. 나만의 생각을 갖고, 매일 점점 강해지기 위해 선택하고 지속해가는 방법이다.

관중으로 사는 것도 선수로 사는 것도 다 의미가 있다. 중요한 건 어느 자리에서든 회피하거나 낭비하는 삶을 살지 않는 것이다. 부족하고 마음에 들지 않는 나의 모습도 인정해야 했다. 다른 사람 눈에 어떻게 비칠지 신경 쓰느라 손해 본 적 많다. 조심하는 것과 눈치 보는 것은 다르다. 선택과 결정은 내가 한다는 마음으로 어느 자리에서든 내 일상을 꾸려가면 된다.

책이 나를 구했다. 매사 자신감 부족하고, 같은 실수를 자주 반복했던 나를 바꿨다. 그렇기에 더 매달리는 건지도 모르겠다. 책 읽는 시간을 틈틈이 챙긴다. 놀이터에서 아이들이 잘 놀고 있을 때가 바로 한숨 돌릴 타이밍이다. 기다렸던 소중하고 귀한 이 시간에 스마트폰을 들여다보기 싫다. 이북 리더기를 꺼내서 보기도 하고, 미처 못 챙겼을 때는 놀이터 앞 작은 도서관으로 달려가면 그만이다.

에세이 네 권을 빌렸다. 다른 사람들은 어떻게 사는지 책으로 들여다보고 싶었다. 영상도 좋지만, 그보다 활자가 주는 매력에 더 끌리기에 나와 비슷한 생각을 풀어놓는 작가의 글을 보며 배운다. 나도 이렇게 내 이야기를 채워봐야겠다는 용기도 얻는다.

풀리지 않고 꼬이기만 하는 일 앞에서 책을 들여다보며 아직 부족한 의지, 용기를 찾는다. 가끔 누군가의 위로가 아무런 힘이 되지 않을 때도 있다. 위로해 준 사람의 마음은 고맙지만 내 맘이 그렇지 않은 건 나도 어쩔 수가 없다. 그럴 때도 책이다. 답답함에서 빠져나올 한 가지 답은 꼭 있다. 기막히다.

　아무리 사소한 문제라도 방치하면 점점 커지기 마련이다. 별일 아니라고 넘겨도 그때뿐이다. 문제는 계속 남아있다. 그럴 땐 책이나 영상을 보며 동기부여도 얻고 잘못 생각한 부분도 고쳐나간다. 복잡한 하루, 이것저것 쌓아두지 않으련다. 바로 해결 가능한 문제들 한 가지씩 덜어내는 것만으로도 삶은 또렷하게 선명해진다.

바늘 구멍 여유

바쁘지 않다. 빡빡한 일정에 시달리지 않는다. 만나는 사람도 별로 없다. 어떻게 하면 혼자 있을 수 있을지 수시로 생각한다. 넉넉하지 않아서인지 항상 아쉽다. 내 시계에만 가속기가 달린 듯 일주일이 빠르게 지나간다. 상반기 막바지에 가까워지니 초조하다. 해야 할 일이 많은 건지, 내 속도가 느린 건지. 시간은 원래 쏜살같은지, 누구 붙잡고 하소연 좀 하고 싶다.

시간이 더디기만 할 때도 있다. 나를 위한 일이 아닌 탓에 하기 싫다는 괴로움에 시달리는 경우가 그렇다. 회사 다닐 때는 늘 출근과 동시에 퇴근을 기다렸다.

"나 오늘은 칼퇴야."

"약속 있어?"

"아니 집에 가서 오늘은 일찍 자고 충전해야지."

퇴근 시간. 종일 짓누르던 피로가 마법처럼 싹 달아난다. 출근과 동시에 퇴근을 생각하던 난 어디 갔지?

"칼퇴 해야지. 우리 맛있는 거 먹으러 가자"
"그래 좋아 역시 김대리다."

업무가 밀렸다. 미룰 수 있을 때까지 쌓아두고 늘 그랬듯이 몰아서 한꺼번에 처리한다. 그런 습관은 도움이 되지 않는다는 걸 알면서도 고치지 못했다. 일찍 출근해서 발등에 떨어진 불부터 끌 생각이었다. 벌써 누가 와 있다. 옆 부서 회계 담당 직원이었다. 차가 막히는 시간을 피해 늘 일찍 나온다고 했다. 조용한 사무실에서 책을 읽고 있는 그녀가 갑자기 다르게 보였다. 며칠 전 간신히 지각을 면했던 날이 떠오른다. 자리에 앉자마자 전화 받고, 모니터에 바짝 붙어서 지시 사항을 확인한다. 생각해보니 그날은 물 한 잔도 마시지도 못하고 집에서 나왔다. 업무를 대하는 태도가 문제였다. 창고에 쌓아둔 짐처럼 방치하고 미뤘으니 큰 실수나 하지 않으면 다행이었다.

제대로 쉬지도 않았다. 오늘을 돌아보고 내일을 계획하는 시간이란 전혀 없었다. 쌓인 스트레스는 실없는 수다와 자극적인 음식으로 해결했지만, 그 순간뿐이었다. 집에 돌아가는 길은 내일에 대한 걱정으로 답답하기만 했다. 그때의 난 무슨 생각으로 살았던 걸까. 좀 독한 마음을 먹었더라면, 변화를 결심하고 움직였다면 회사 생활은 어땠을까. 후회해도 소용없다. 시간 지나 깨닫고 얻는 게 있으니 그때의 실수도 값진 경험이 되었다.

눈도 뻑뻑하고 허리도 아프다. 이래서 진도가 나가지 않는 듯하다. '에라 모르겠다. 눕자. 잠깐이면 괜찮아지겠지.' 쉬고 나서 가벼운 상태로 바짝 집중하면 되는 거다. 한 시간이 훌쩍 지났다. 놀란 건 잠시였다. 마음은 초조한데 몸은 도저히 일어날 생각이 없다. 말로만 시간이 아깝다고 할 뿐, 또 이렇게 낭비하고 있다.

정신없고 조급할수록 '멈춤'을 떠올린다. 그럴 때 노트에 감정을 쓴다. 잠시 가라앉히고 한숨 돌리며 다음 스텝을 준비할 수 있다. 바늘구멍만 한 여유가 있을지라도 꿋꿋하게 나 자신을 챙겨야 하는 이유다.

좋지 않은 습관은 도움이 되지 않는다는 걸
알면서도 버리지 못하는 것은 익숙해졌기
때문이 아닐까.
방치하고 미루고, 결국 조급함이 습관이
된것이 아닐까.
이럴땐 잠시 멈춤이 필요하다.
잠시 가라앉히고 하나 둘 셋 천천히
숨을 쉬어 본다.

빠르면 어지럽던데

한 번에 여러 가지 일을 하기란 어렵다. 그게 가능하면 효율적으로 처리할 수 있는 일이 늘어나서 도움이 되겠지만, 오히려 정신없고 제대로 가고 있는지 알지 못해 찜찜할 때도 있다. 내가 추구하는 단순한 삶이란 집중할 수 있는 핵심만 손에 쥐고 있는 모습이다. 경험을 바탕으로 나에게 맞는 것을 찾으며 고민하고 망설이는 시간을 줄여나간다. 아니다 싶은 일 앞에서는 과감하게 결단하고 부족한 부분이 보이면 미루지 않고 채운다.

오늘도 어제랑 별반 다르지 않은 하루를 예상해 본다. 무탈하게 보낸 어제보다 조금 더 힘을 내보자며 다독인다. 무언가 빠르게 이루고 싶다는 생각이 들 때마다 현재 상황을 객관적으로 바라보면 도움이 된다. 현실의 나를 제대로 파악하면 잔뜩 달아오른 뜨거운 김을 빼고 갈 수 있다. 그런 의미에서 매일 나를 위한 기록을 남기는 것은 자신과 끈끈해지는 일이다. 따뜻하고 부드러

내게도 좋은 날은 옵니다

운 말을 하기가 어려울까, 매번 소심하게 걱정부터 할까, 끝까지 끌고 가는 힘이 부족할까, 그런 생각이 들 때면 잠시 숨을 고르고 부족한 부분 하나하나 채워가면 된다.

내가 선택한 일의 결과가 마음에 들지 않을 때 깔끔하게 인정하고 돌아서는 과정이 순탄하지만은 않다. 그 시간을 집중해서 잘 보냈으면 된 건데 자꾸 어디선가 미련과 후회가 튀어나온다. 버스 오는 쪽을 계속 쳐다본다고 도착 시각이 당겨지지 않듯, 결과와 속도보다 지금 해야 할 일에 포커스를 맞추고 시야도 좁게 만들어서 집중한다.

조용하지만 강한 사람들이 있다. 유난 떨지 않고 본인을 드러내지 않는다. 그들에게서 빛이 새어 나온다. 그런 빛을 알아본 난 가슴이 뛴다. 나도 어쩌면, 언젠가 저들처럼 빛이 날 수 있기를 기대하게 된다.

훗날 마흔둘의 '나'는 어떤 모습으로 기억될까. 서툴지만 글을 쓸 때만큼은 용감했던 나로 기억하고 싶다. 그때부터 시작이었고 이대로 괜찮다는 착각에서 벗어나 제대로 살아보자 외친 멋진 나였다고 말이다. 몇 년 후엔 지금보다 급할 것도 줄어들 거고, 뜨겁게 끓어오르는 캐릭터와는 거리가 멀겠지만 약한 불이라도 항상 켜두는 사람이면 좋겠다.

늦었다는 이유로 빠른 속도만을 고집할 필요는 없다. 각자 출발 시기가 다르다는 사실을 인정하고, 바로 출발하면 된다. 속도, 방향 모두 내가 정할 수 있다. 나만의 속도를 유지하며 끝까지 가보는 거다.

조용하지만 강한 사람들이 있다. 유난 떨지 않고 본인
을 드러내지 않는다. 그들에게서 빛이 새어 나온다.
그런 빛을 알아본 난 가슴이 뛴다.
나도 언젠가 빛이 날 수 있기를

내가 한다

일상 곳곳에서 피곤한 일이 생긴다. 굳게 마음먹고 나가도 금방 지친다. 마음 단단히 먹고 버텨본다. 속상하고 짜증 나는 일에 허우적거리기 싫었다. 겨우 마음을 추스르고 나면 허무하기도 했다. 반면에 나를 위한 시간을 찐하게 보낸 후에 밀려오는 피로는 견딜만하다. 몸은 무거워도 입꼬리는 계속 올라간다. 내가 할 수 있는 일에 집중하고 몰입하는 것은 나를 못살게 구는 게 아니다. 무리한 일정을 잡지 않고 목표를 이루기 위해 매일 정해둔 양을 소화한다. 수월하게 풀리는 날 있고, 그렇지 않은 날도 있다. 내가 이걸 했다고? 막막했는데 되네? 어떻게 붙잡고 있었지? 이런 말들은 나를 견디게 했고 괜찮은 결과도 얻었다.

내가 결정한 선택에 대한 좋은 경험이 쌓인 덕분이다. 고민하고 망설인 끝에 결국 하던 대로 쭉 지냈던 적이 많다. 말로만 달라지겠다고 했을 뿐 행동은 그대로였다. 사소한 일도 하기 싫다고 미루면서, 크고 대단한 결과만을 원했다. 이유도 모른 채 아무것도 하기 싫은 나를 그대로 내버려 뒀다. 눈 한번 질끈 감고, 이 악물고 달려들 의지가 없었다. 고집부리며 끝내 관성을 극복하지 못했다.

어느 유튜버의 일상 브이로그를 본 적 있다. 알뜰하게 장을 본 다면서 동네 마트에 갔다. 1인 가구는 과일을 사 놓으면 다 먹기 힘들다고 사지 않았다. 대신 그녀는 음료수와 과자를 샀다. 할인 상품이라며 장바구니에 여러 개 담았다. 입이 심심할 때 먹는다고 했다. 입이 심심할 때 과일을 먹으면 되지 않을까. 과자와 음료수는 사 놓으면 다 먹기 쉬운가 보다 했다.

살짝 다른 선택을 해봐도 좋았을 텐데 싶었다. 그냥 매번 먹던 과자와 음료수가 더 좋은 게 아니었을까. 과일 보관 방법을 알아본다거나 미리 먹기 좋게 준비해두어도 수월할 텐데 말이다. 몸에 좋은 과일을 선택하는 것보다 그냥 먹던 대로 고르는 게 훨씬 편했을지도 모르겠다.

차가 한 대 더 있으면 아무래도 더 편하지 않을까. 아이들 병원 데리고 갈 일 있거나, 도서관에서 한꺼번에 책을 빌려 올 때도 잘 쓸 수 있을 텐데. 주말에는 사람이 많아 엄두 내지 못한 곳에 평일에 여유롭게 갈 수도 있고. 필요한 이유는 끝이 없다. 막상 한 대 더 있어도 자주 쓰지는 않을 게 뻔하다. 대중교통을 이용하면 몸은 피곤해도 주차 걱정이나 차 막히는 스트레스는 없다. 잠깐 편하기 위해 일 크게 만들지 말아야겠다고 다짐하며 마음을 돌린다.

일어난 일 그대로 받아들인다. 어설프게 오해하거나 부풀리지 않기로 했다. 실수는 바로 인정, 뭔가 잘못됐다 싶으면 오래 끌지 않는다. 그냥 두지 않고 내가 조금 먼저 움직이고 시작한다. 의무감보다는 즐겁고, 행복한 감정에 겨워서 하는 일과 가까이하고 싶다.

운이 좋지 않은 날도 있고, 갑자기 컨디션이 무너지는 순간도 만난다. 하는 일마다 꼬이고 깨져서 다 관두고 싶던 적도 있었다. 그럴 때마다 이해되지 않는 상대나 상황에 대한 미련을 버렸다. 좌절하고 상심할수록 달라지는 건 없었다. 최악으로 닿을 때까지 방관하지 않고 완벽하지 않더라도 우선 한 겹 벗겨낸다는 마음이면 충분하다. 한 걸음만 물러나도 보지 못했던 다른 면이 보인다. 이끌려가는 것이 아니라 내가 할 수 있는 부분을 찾기 위한 감각을 기르는 일이다.

한동안 모닝 루틴을 들쑥날쑥 실천했다. 4일 연속 모닝 페이지를 쓴 어느 날 아침에 깨달았다. 지속하는 방법은 그냥 하고 보는 것이라는 걸 말이다. 실패에 대한 스트레스와 이유 모를 귀찮음이 한동안 루틴을 멀리하게 한 적이 있다. 아침에 일찍 일어나서 뭔가 대단한 걸 해내야 한다는 압박감이 있었다. 그래서 더 하기 싫고 무겁게만 느껴졌다. 다시 생각해보니 원래 이 시간에 내가 하던 루틴만 지켜도 엄청난 에너지를 받는다는 걸 잊고 있었다.

사소하고 평범한 것이라도 매일 조금씩 내가 직접 해내면 일상을 유지하는 데 큰 힘이 된다.

글을 쓰며 털어놓을 수 있어서 다행이다. 누구를 붙잡고 매달리지 않아도 되었고, 누군가 필요하지만 뜻대로 되지 않아 외로움이 커져만 갈 때도 나름 현명하게 그 구간을 지나올 수 있었다. 나에게 몰입하고 전념하는 것은 소극적인 방식이 아닐까 싶었다. 괜한 시간 낭비일 것만 같았다. 잠시 일상에서 벗어나 보면 다시 돌아올 곳이 있다는 걸 깨닫는 것과 비슷했다. 나를 먼저 챙기고 감정을 들여다보니 다른 사람들과의 관계를 이전보다 수월하게 풀어갈 수 있게 되었다.

나에게 몰입한다는 것은 나를 위한 탐구다. 제대로 마음먹고 나를 향해 깊게 파고드는 일이다. 매일 기록하고, 읽고, 걸으며 그날의 나에 대한 감정을 다듬어갔다.

이번 책을 쓰는 동안 잠들어 있던 기억들을 깨웠다. 살짝 건드렸을 뿐인데 기다리고 있었다는 듯이 반응하는 내 안의 질문과 답 덕분에 감동하기도 했다. 너무 늦지 않았으면 좋겠다. 지금 할 수 있는 한 가지는 반드시 있다. 매일 솔직한 감정 그대로 기록하는 노트만 있어도 된다. 책 몇 페이지로도 충분하다. 음악 한 곡을 끝까지 들어보는 여유 정도면 된다. 일상에서 깨달으면 더 의미 있고 짜릿하다. 나를 들여다보는 기록을 남기면 좋겠다.

첫째, 부담 없이 힘 빼고 쓸 수 있다.

누구에게 보여주기 위해 쓰는 것이 아니다. 생각나는 대로 감정 그대로 써 내려간다. 매일 나를 위한 근육을 단련한다. 나에 대해 솔직해지니 후련하고 산뜻하게 하루를 시작할 수 있다.

둘째, 나를 긍정하는 습관을 기를 수 있다.

나에 대한 감정을 쓰기 시작하면 후회, 반성, 자책이 가득한 안 좋은 이야기부터 나온다. 문제를 쓰고 솔직한 감정을 쓰다 보면 눈물도 나고 가슴이 답답하다. 그 구간을 넘게 되는 순간, 그걸 겪어낸 나 자신을 위로하고 싶어진다. 안 좋은 감정을 가진 내가 싫기만 했다. 쓰다 보니 그때의 내가 안쓰럽고 이해도 된다. 그래서인지 결론에서만큼은 지금의 나를 긍정적으로 표현하게 된다.

셋째, 고민 해결에 집착을 줄일 수 있다.

흘러가는 것, 어쩔 수 없는 것, 나에게 덜 영향을 주는 것을 일

일이 구분해서 받아들일 수 있게 되었다. 다 짊어지고 해결해야 하는 일이라고 여기면 정말 의미 있고 소중한 것들을 놓치게 된다. 징글징글하다 싶을 정도로 매일 같은 문제로 머리가 아플 수도 있다. 회피하지 않는다. 버티다 보면 해결점이 보이던지, 아니면 그렇게 심각한 게 아니었다고 한발 물러서게 된다. 나에게 중요한 일을 챙겨가며 나를 더 사랑하게 된다.

어느덧 이만큼의 분량을 채웠다. 막막한 시점도 있었고, 들여다보기 싫은 날도 있었다. 좋아하는 음악 크게 틀어두고 흥을 돋우기도 했다. 가끔은 푸짐하게 배달 음식을 시켜 먹으며 기분을 내보기도 했다. 낮에 아이들과 놀이터에 나가지 못한 날은 저녁 먹고 데리고 나갔다. 순서가 바뀌더라도 할 일을 건너뛰지는 않으려고 했다.

10년 전의 나에게로 돌아갈 수도 있고. 바로 어제의 나에게 찾아가기도 한다. 그렇게 하나씩 해결해보면 가뿐하게 새로운 목표를 세워볼 수 있다. 내 일상도 풍부하게, 꽉 들어차게 만들 수 있다. 불확실하고 모호하더라도 이 순간을 버티면서 괜찮게 고쳐

나갈 뿐이다. 이런 일상을 견디는 과정에서 불쑥 어떤 기회가 찾아오지 않을까 하는 기대감도 생긴다. 내 시간을 싹싹 끌어모아서 쓴다. 모든 사건의 중심에 나를 둔다. 깨닫고 얻는 것, 감동하고 실망하는 것, 그 모든 중심에 내가 있다. 누굴 탓하거나 서운한 감정도 줄여나간다.

"I want more."

영화 〈인어공주〉의 아리엘은 바닷속에서 헤엄치는 것보다 이곳을 벗어나 걷고 점프하고 춤추고 산책하는 걸 원한다고 말한다. 지금 내가 있는 곳에서 가진 것이 넘치지만 아무 소용 없다고 했다. 다른 사람이 나를 부러워해도 자신이 원하는 건 그게 아니라고 한다. 다리를 갖기 위해 자신이 무엇을 지불해야 할지 고민한다. 바다 위 세계의 매력을 알아버린 아리엘은 그곳에 가고 싶다고 한다. 지금 이곳에서의 만족 말고, 그 이상을 말이다.

나를 바꾸고 싶었다. 감정 통제가 어렵기만 했던 나에게 대책이 필요했다. 강의만 듣고 책만 읽는다고 해결되는 건 없었다. 피하고 어려웠던 부분에 맞서기로 했다. 당장 문제없다는 이유로 안주하지 않고 나를 힘들게 했던 두려움, 눈치, 한숨은 수시로 털어낸다.

　최근에 깃털처럼 가벼웠던 적이 언제였을까. 괜히 이런 질문에 없던 근심까지 끌어내진 않을까 조심스럽다. 마음 푹 놓고 내 생각을 했으면 좋겠다. 분명히 경고음이 여러 번 울렸지만 대수롭지 않게 넘겼을 수도 있다. 느닷없이 한계치에 도달할 리는 없을 테니 말이다. 여기까지 온 나 자신을 응원하며 기록하고 싶은 분들이 부담 없이 자주 펼쳐보는 책이 되었으면 한다.

2022년. 김지영